Chara

ソロ活男子の日常から

す

川琴ゆい華

キャラ文庫

この作品はフィクションです。
実在の人物・団体・事件などにはいっさい関係ありません。

目次

口絵・本文イラスト／夏河シオリ

□1□

いつもは静かな山あいの田舎町が、この日は少しだけ賑やかだった。

これから、土曜午後に放送されているローカル情報番組『サタまる!』内のワンコーナー『ふるさといいトコ再発見』の生中継が行われるからだ。中継場所は釣りやキャンプもできるように整備された川縁。そこで婦人会が準備した川魚料理を披露することになっている。

保坂水波は半袖シャツに『瀬理町役場・広報』の腕章をつけて現場に立った。

これといって有名な特産品も観光地もなく人口が減り続けている岐阜県那由郡瀬理町役場の職員としては、県内外の人にこの町に興味を持ってもらい、少しでも人が集まるようになるといいなと、この生中継がうまくいくことを願うばかりだ。

テレビ局の撮影クルーが、生中継のリハーサルを行っている。

水波は役場の担当として、この中継場所を局側に提案するなど準備段階から携わった。今日は中継の様子を見守りつつ、広報誌や公式ＳＮＳ等に使用する写真や動画の撮影を行う。

水波が持参した手元のカメラをチェックしていると、婦人会の会長・谷（たに）さんに手招かれた。

「お疲れさまです。きのうから料理を準備してくださって、ありがとうございます」

お礼を伝えた水波に、婦人会の三人は「いいのよ、楽しいから」と笑顔で返してくれる。

「これ、テレビ用のとは別に、さっき揚げたイワナの唐揚げ」

そう言って谷さんが持つ揚げ物用のバットの中には、川魚を四センチほどのぶつ切りにした唐揚げが山盛りになっている。

「カレー風味だね。いいにおい。おいしそう。今食べちゃいたい」

水波がにおいを嗅ぐしぐさをすると、谷さんは「骨まで食べられるよ。でもこれはあとでね」と、それを自分たちの荷物の陰に置いた。六十八歳の谷さんは婦人会の中では若いほうだ。他のご婦人方も、水波のことを自分の息子みたいと言ってかわいがってくれる。

「水波くんもたいへんね。土曜も日曜も働きすぎじゃない？」

谷さんが思案顔で心配してくれるので、水波は「日曜はちゃんと休んでるよ。土曜も毎週出てるわけじゃないし」と答えた。

「日曜だって、わたしらにつきあってくれるじゃない」

町役場横のコミュニティーセンターや、誰かの自宅などで行われる町民の集まりに誘われれば、水波も顔を出したりするが。

「でもそれは仕事じゃないから。谷さんたちに料理を教えてもらったり、一緒にごはんやお菓子を食べてるだけだよ」

「あら、そんなこと言って。町役場の職員としてわたしたちのことを気にかけて、水波くんがいつも『なんか困ってることない？』『やりたいことない？』って訊いてくれるでしょ。それを役場が掬い上げて対応してくれてるじゃないの」

高齢者が多いために自治会が機能していないところもあるし、町民が町役場に直接、意見書や要望を出すのはハードルが高い。だから井戸端会議で得たこぼれ話を水波が町政に持ち込むといういわば橋渡し役を、自然の流れでやっているだけだ。

水波はただ愛想笑いで返した。すると婦人会の三人に「控えめなところも顔もかわいい」「優しくていい子」「うちの息子と大ちがい」とうなずかれて、水波はますます恐縮する。

実年齢と見た目が釣り合ってきたつもりでいたが、年上のおばさま方からすれば、水波などまだ若者の扱いだ。

「みんな……僕が今年二十八歳になるアラサーだって分かってる？」

「あらっ、水波くんももうそんな歳？　お肌つやつやだし、ぜんぜん見えないわよ」

「わたしもむかしは水波くんみたいな『涼しげで綺麗な二重』だったのに」

「すら～っとしてるし、羨ましい。脚の長さを比べたら……この差を見て！」

谷さんたちはだいぶ贔屓目に評価してくれるけれど、水波はむかしから人の顔色を窺う癖があり、その人が望むかたちの自分でいようとしてしまうので、はっきりと「八方美人だな」と言われたこともある。

ひたすら愛想笑いを浮かべていたらテレビ局のディレクターから呼ばれ、水波は「がんばってください」と婦人会の三人を送り出した。

本番が始まるまでのつかの間に、水波は深呼吸して辺りを見渡した。

イソヒヨドリやカワセミの囀(さえず)りが耳に届く。夏でも涼しい川の傍(そば)に立てば、真ん中分けのあらわなひたいや短めの襟足、首筋を風が優しくなでて心地いい。

——天然のマイナスイオンいっぱいで、いいところなんだけどなぁ。

岐阜県那由郡瀬理町のセールスポイントは「このありあまるほどの自然だけ」といっても過言ではない。何せ、町域の八割を山林が占めている。

営業が十九時までのスーパーと、二十一時までのご当地コンビニが町民の台所だ。

保育園、小学校、中学校はあるが、高校はない。他にもないものが多すぎるため、若者はたいてい隣接の他市や隣県の名古屋(なごや)へ買いものに行く。

岐阜市内、名古屋までは、高速道路を使っても一時間。平日の終バスは二十一時台、コミュニティーバスはまさかの十八時台と不便極まりない。おかげで少子高齢化に歯止めが利かず、人口は五千人弱だ。そのため役場として移住希望者へのアピールを模索している。

「あの……ご挨拶をさせていただいてもよろしいでしょうか」

声をかけられて水波が振り向くと、そこに立っていたのは、半年間の研修期間を経て最近『サタまる！』でも何度か登場している男性新人アナウンサーの階堂旺介だ。おそらく水波の『広報』の腕章に気付いて、声をかけてくれたのだろう。

百八十センチはありそうな高身長で、画面越しに見るより煌びやかな存在感がある。淡い水色の長袖シャツにネクタイ、濃紺のスラックスという服装が新人らしく爽やかだ。意志の強そうな目元が印象的だが堅苦しいかんじではなく、やわらかそうなスタイリングのショートヘアーで垢抜けている。

水波は彼を数回テレビで目にして、かっこいいなと密かに気になっていた。

「はじめまして。瀬理町本庁総務部総務課、広報担当の保坂です」

相手が名刺ホルダーを手にしたので、水波もポケットから名刺入れを取り出す。

そのとき、彼の足もとでキラッと何かが光り、水波は思わずそちらに注目した。左足のスニーカーから十センチほど横の位置、森林土の地面に、蟬が仰向けで転がっている。

「すみません、名刺を頂戴する前に、そのまま動かず少しだけお待ちいただけますか」

水波は早口で「ちょっと失礼します」と相手に詫びながら、その足もとに屈んだ。

蟬を指でつつくと「ビビビービビッ！」とけたたましく鳴き、羽を激しくばたばたさせて地面の上で暴れ出す。突然のことに名刺交換を中断した相手も「うわああっ！」と悲鳴を上げて飛び退いた。

「セミファイナルに遭遇するの、今日は二回目です。九月になると増えますね」

この場合の『セミファイナル』は準決勝を意味するのではなく、『蟬の死骸と思って油断して近付いたら、突然暴れだして人を驚かせる現象』のこと、ネットスラングだ。

仰向けでばたばたしている蟬を水波がひっくり返してやる傍らで、新人アナウンサーはコントみたいに飛び跳ねて後退りながら「わわっ、わわっ」という短い悲鳴を上げる。

地面にとどまれば他の誰かに踏まれるかもしれないので木の幹に放してやると、蟬はその場から飛び去った。

「たいへん失礼しました」

あらためて名刺交換をやり直すべく水波が向き直ると、彼は顔を引き攣らせ「い、いえ……」とひたいを拭う仕草をする。

——ぱっと見は都会的できらきらしてる美男子のアナウンサーなのに。蟬に悲鳴を上げて逃げ惑うなんて、テレビで見たとおりおもしろい人だな。

『サタまる！』でも顔は二枚目なのに三枚目キャラのリポーターとして扱われているように映っていたし、なるほどこういうギャップがおもしろいからだろうな、と蟬を怖がっていた彼には申し訳なく思いつつも納得してしまった。

ひとまず落ち着いたところで、今度こそ滞りなくお互いの名刺を交わした。

水波が受け取った名刺に、『岐阜中央放送　編成局アナウンス部　アナウンサー』と記されている。今年入社の新人アナウンサーのはずだから年齢は二十二か二十三だろうか。セミファイナルに遭遇したせいで表情にまだ若干の動揺をひきずっているものの、整った眉目(びもく)にすっと高い鼻梁(びりょう)の美男子であることに変わりはない。

「蟬……というより、もしかして虫が苦手ですか?」

さきほどの反応を見て感じたことを水波が問うと、旺介は「あ……はい、無理……ですね」と苦笑いした。もはや苦手をとおりこして、まったく受けつけられないと言いたいのだろう。

「虫ってぜんぶGの仲間にしか思えなくて」

「あー……まぁ、昆虫という大きな括(くく)りだと仲間ですよね」

水波が笑顔で返すと、旺介は少しすまなそうにする。

「悲鳴上げて騒いですみません。動かないでと言われたのに大げさに飛び退いたりなど……」

「いえいえ。こんな具合に自然豊かなことくらいしかセールスポイントがない山あいの田舎町ですが、今日はよろしくお願いします」

スタジオとやり取りを交えつつ、こちらの現場を回すのが彼だ。

「リポーターとして、瀬理町の魅力をしっかりお伝えしたいと思っています」

ようやく旺介も落ち着きを取り戻したのだろう。本来の明るい表情と耳に気持ちいい声、口角を上げた笑顔で締めくくる。

簡単な挨拶をすませたところでＡＤが旺介を呼びにきたので、そこで分かれた。

テレビで取り上げてもらえるのは久しぶりなので、瀬理町のいいところが視聴者に伝わりますように、と祈るような気持ちで、水波は旺介を見送った。


「もうすぐ本番です！」

番組ＡＤが声を上げる。婦人会の三人は何度かテレビ中継を経験済みで慣れていて、「瀬理町の発展のために！」という強い責任感や意気込みで緊張するでもなく、にこやかに「はいは～い」といった調子だ。

水波も生中継の様子を撮影するためにスマホを掲げる。

いよいよ当該のコーナー『ふるさといいトコ再発見』の中継が始まった。

清涼感いっぱいの河川をバックに、横長のテーブルをふたつつなげて並べ、そこに川魚料理が二品、そしてイワナ二匹が泳ぐ簡易の水槽が置かれている。

リポーターの旺介が瀬理町の涼やかな山の風景や、キャンパー向けに整備されたこの場所について簡単に説明したあと、婦人会の三人に話しかけ、中継は和やかな雰囲気で進んだ。

「瀬理町婦人会の方々が、今日のこの中継のために前日から川魚料理を仕込んで、準備してくだったんですよね。ありがとうございます」

旺介は『前日から』を強めにアピールしてくれている。婦人会の三人はそれに対し「料理するのはわたしらにとっては趣味なんでね」とにこやかに返した。

「わたしもいただくのがたいへん楽しみなんですが、その前に……、こちらの水槽に入っているのが？」

旺介が訊ねると「あちらの川で捕れたばかりの天然のイワナです」と婦人会のひとりが答える。このあと旺介が、天然の活きの良さをアピールするために素手でイワナを掴(つか)んでみる……という流れだ。リハーサルの段階ではフリだけだったが、生中継では実際に掴まなければならない。

「イワナはですね、サケの仲間で体長は平均で約二十〜三十センチ。今は産卵に備えて栄養を蓄えきった時期で、最も脂がのっていておいしいそうです。また、サケ科でありながら一生を水温の低い淡水で過ごします。清流で優雅に泳ぐ姿からは想像できませんが、じつは生粋の肉食魚でかなり獰猛(どうもう)なのだそうです」

旺介の解説に、スタジオのメインキャスターの女性から『え〜、階堂くんだいじょうぶ〜？噛(か)まれたりしないかな』と前振りみたいな煽(あお)りがきて、それには「瀬理町のみなさんはなんの問題もなく素手で掴まれていました」とたんたんと返して周囲の笑いを誘っている。

和やかなギャラリーとは反対に、旺介の顔が緊張して見えた。蟬で悲鳴を上げていたので、暴れる川魚も苦手かもしれない。

——だいじょうぶかなぁ。まぁ、簡単に掴めないくらい活きがいい、ってかんじで終わっていいと思うけど。

これも新人アナウンサーに任せられがちな体当たり系の仕事なのだろうが、水波が以前の放送で見た際も、滝の水しぶきを頭から浴びて全身ずぶ濡れになったり、蓮根畑で尻餅をついて泥だらけで慌てる姿だった。

旺介は水槽の中に手を入れつつ「ありがたいことにかなり大きなイワナをご用意くださって……」とどう見ても不自然な笑顔だ。スタジオからは旺介のその様子に笑いと『がんばって』の声援が飛び、婦人会の三人もにこやかに見守っている。

水槽の中で身を捩って暴れるイワナに対し旺介も懸命に手を伸ばすが、腰が引けた状態だ。「あぁっ」「うあぁっ」と悲鳴を上げながらイワナと格闘した結果、とんでもない展開が待ち受けていた。

旺介がどうにか掴んで持ち上げたイワナが大暴れし、「この中継のために前日から仕込んでくださった」と説明していた川魚料理の上に放ったのだ。そして旺介自身も慌てた結果、『手の込んだちょっと珍しい川魚料理』をすべて地面にぶちまけてしまった。

水波も息を呑み、スマホの撮影画面から顔を上げる。

素揚げしたイワナを酢とたまねぎとレモンにひと晩漬け込んだマリネ、そしてこちらも調理

に数時間かかるイワナの甘露煮がすべて、土まみれの無残な姿に変わり果てている。

最悪のハプニングに、現場もスタジオも凍りついた。旺介はへっぴり腰のポーズで声にならない悲鳴を上げる。ディレクターの指示でカメラマンは慌てて婦人会の谷さんをクローズアップした。

「あらら～、活きが良すぎちゃったねぇ」

一瞬の静寂のあと、婦人会の三人が先陣を切り笑ってフォローしてくれるが、旺介は「す、すみません、すみませんっ」と青ざめて謝り倒しの状態だ。

このままでは『おいしい川魚料理に舌鼓を打つシーン』が撮れなくなってしまう。

水波ははっとして辺りを見回した。婦人会の方々が「あとで食べよう」と作っていたイワナの唐揚げがまだあるはずだ。

水波は婦人会の荷物のところに、一目散に駆け寄った。

揚げ物用バットに無造作に盛られた完全に内輪用の川魚料理だが、その味は保証付きだ。

水波はカメラのフレームに入らない位置で婦人会の三人に、声に出せないながらも「これ！これ！」とバットを掲げてアピールする。旺介と谷さんがそれに気付いてくれた。

「あ、あぁ、そうだ。じつはあとでこっそり食べようと思って作ったのがもう一品あるんですよ。ちょっと見た目は悪いけど」

「食いしん坊ばっかり集まってるからラッキーだわね」

テレビ慣れした婦人会の三人が、旺介の失態を自分たちの笑い話に変えてくれる。旺介は命拾いしたといった表情で「ぜひ、そちらをいただかせてください！」と縋りつく勢いだ。

水波は再開した中継をほっとした心地で見守り、やがて放送は終了した。放送事故レベルのハプニングもあったが、『瀬理町の魅力を伝えてもらう』という、いちばん大きな目的は達成できたと思う。

問題はそんなハプニングを招いてしまった旺介だ。生中継の撤収作業が行われている場所から少し離れた木の陰で、旺介がディレクターに叱責されているのを、水波はたまたま近くにいて聞いてしまった。

「前々から感じてたけど『町の魅力を伝えているつもり』なだけで、自分が本心から魅力ある町だと思ってないだろ。ローカルのお気楽情報番組だって舐めてるし――あ、『そんなつもりはなく』とかいう言い訳はいらないからな。こっちがそういうふうに感じるってところが問題なんだよ」

旺介はこちらに背中を向けており、俯きかげんのその表情は見えない。

ディレクターの言葉が、水波には少し意外に感じたが、半年の間に旺介と仕事で関わってきたスタッフの評価はちがうのかもしれない。

とはいえ、人が叱責されている姿を見るのはその内容に関係なく気分のいいものではないし、聞いてしまったこちらが申し訳ない気持ちになる。

それに水波自身、叱責を受けている最中に重く肩にのしかかってくるような劣等感や、自己否定の末に全身が冷えていく感覚がフラッシュバックして、密かに苛(さいな)まれた。

今目の前で見たものなど比べものにならないほどのひどいパワハラを受けていたのは数年前のことで、水波自身すっかり忘れたつもりでいたのだが、記憶より先に身体が思い出してしまったようだ。

もうあんな目には遭うことはない、だいじょうぶ、と自分にまじないをかけて顔を上げたとき、水波の姿に気付いたディレクターが気まずそうに目を伏せてその場を去った。俯いている旺介は背後に水波がいることには気付かず、肩を落としてそのあとに続く。

なりゆきを見守っていると、旺介は婦人会の三人に歩み寄り、深々と頭を下げた。おばちゃんたちはみな「いいのよ〜。気にしないで」と笑っている。

旺介は谷さんと何か言葉を交わし、こちらへ指をさされて振り返った。今度は水波のほうへ駆けてくる。

「あ、あの、さきほどはすみませんでした。助けてくださって本当にありがとうございます」

旺介の表情は必死で、適当にすませるための謝罪には感じない。

「いいえ。山盛りのバットのまま出しちゃって」

「リアルな『キャンプ料理』ってかんじでよかったと思います……っていうのも、本番で言えたらよかったんですが、頭が真っ白になってしまいました……」

さっきディレクターとの一件を立ち聞きしてしまった水波は、猛省している旺介になんと返せばいいのか、少し考えあぐねた。すると旺介は「あの……」と言いにくそうにする。

「もしかして、さっきも……ここにいらっしゃいました？」

暗にディレクターとのやり取りのことを旺介に問われ、水波は「……はい、すみません」と謝った。故意に聞いたわけじゃないが、出るタイミングがなく木の陰に隠れたままだったのは事実だ。

「謝るのはこちらのほうで……不快な思いをさせてしまって重ね重ね申し訳ないです」

「いえいえ、中継が無事に終わってよかったです」

水波が明るい声でそう返すと、顔を上げた旺介はまだ何か言いたそうに口を開くが、ややあってそれを呑み込んだ。

挨拶を交わした際に彼は「瀬理町の魅力をお伝えしたい」と言ってくれたが、「本心から魅力ある町だと思ってない」と指摘されていた場面が頭をよぎる。

——あのディレクターさんの言い方、ちょっとキツすぎない？　って僕は思ったけど。

ディレクターの指摘は事実かもしれないが、でもしかたのないことではないだろうか。都会に自慢できるものなんて、豊かな自然くらいだ。とはいえ、とくに田舎をばかにして適当な仕事をされているようには感じなかった。

「瀬理町の撮影や取材の際にはまた対応させていただきますので、今後ともどうぞよろしくお願いします」

笑顔で締めくくる水波に、旺介も「こちらこそ、よろしくお願いします」と返してくれる。

――魅力的な町だって認識されてないってことは、僕も広報担当としてがんばらなきゃならないってことだな。

お互いに最後の挨拶を交わしたあと、彼はもう一度振り返って会釈し、この場を去った。

今日の撮影のことを、新鮮なうちに瀬理町公式ＳＮＳにポストしておきたいし、広報誌に使う写真や文言を印刷所に渡す期限が迫っているからそれも揃(そろ)えておきたい。

庁舎に戻り、ひとけのない総務課の自分のデスクに着いたところで、執務室から出てきた瀬理町の町長である久東蓮(くとうれん)から「おう、水波、お疲れ」と気易く声をかけられた。水波も「お疲れさまです」と返す。

一昨年の七月に三十歳という若さで国内最年少町長に就任した久東は、水波の四歳年上で、同じ保育園、小・中学校出身の、旧知の幼なじみだ。

久東は現在三十二歳だが、中学・高校・大学とバスケ部に所属、今も身体を動かすのが趣味というだけあってがっちりとしたスポーツマン体型かつ端整な顔立ちなので、目立つし、存在感がある。田舎に収まるのが惜しいほどの経歴も容姿も人の目を惹(ひ)き、就任当初はマスコミ的な話題に事欠かず方々で話題になっていた。

「生中継、タイミングよく執務室のテレビで見られたよ。あのハプニングには驚いたけど、まぁ、わざとじゃないんだしな」

久東が気さくな笑顔で生中継の感想を述べながら、水波の傍までやってくる。久東も水波と同じく、例の新人アナの失敗を深刻に受け取ってはいないようだ。

「階堂アナは申し訳なさそうにされてたけど、谷さんたちも『気にしないで～』ってかんじで」

「前日からがんばってくれた婦人会のお三方には、俺からもお礼を伝えておくよ」

笑顔でうなずきつつ水波がパソコンの電源を入れたので、久東が「ん？　今から仕事するのか？」と目を丸くして問いかけてきた。

「広報誌の締め切りが迫ってるのと、今日の撮影のこともインスタにあげたいし」

久東は「おう……そうか」と目をまばたかせる。

「久東町長こそ、休日にお子さんと遊んであげなくていいんですか？」

久東には同じ歳の奥さんと、今年三歳になる男の子がひとりいるのだ。久東は「あした遊びに連れて行く約束をしてる」と眉尻（まゆじり）を下げるから、水波は「でれでれだ」と笑った。

「それに今日は、隣県の市町村が行ってる地域活性化の施策について、ビデオ会議で興味深い話をいろいろと聞けたから、その内容をまとめて精査したい」

「瀬理町の新しい改革案創出のため、ですか？」

水波が問うと、久東は真剣な顔でうなずく。

「俺が町長に就任して、もう二年だからな。現在の『瀬理町創生総合戦略』に代わる、もっと中長期的に効果が望めるような、画期的で発展的な改革案を出さないと」

久東は若いが、町の首長として目の奥にいつも静かな炎をたたえている。

『瀬理町創生総合戦略』は、久東が町長就任後から独自に打ち出して行ってきた地域活性化政策の総称だ。しかしそれも二年を経過し停滞の様相なので、刺激となる変革や起爆剤が必要だと久東は考えている。そのために役場の職員はもちろん町民からも広くアイデアを募り、ときには隣県の市町村の首長と意見を交わすなどしているのだ。

「僕も職員たちともよく地域活性化について話すんだけど、新しい改革案の足がかりになるアイデア……出せるようにがんばります」

久東は「うん、ありがとう」とにっこりとほほえんでうなずいたあと、ため息をついた。

「でも……町民のために土曜も日曜も働いてる状態で、俺よりも水波のほうが無理してないか？」

「えっ？　まさか！　『町長よりも』なんてあり得ない」

水波が笑っても、久東はあまり納得していないようだ。上司としてというより、むかしから水波の性格を知る幼なじみとして、久東は心配してくれている。

「今は……闇雲(やみくも)に自分を犠牲にしてるわけじゃないよ。お菓子を食べてお茶を飲みながら聞いた話を役場に持ち込んだりしてるだけで、ぜんぜん無理はしてない」

休日の町民との関わりは、水波にとって生活や趣味の延長みたいな感覚だ。水波の中でもプライベートと仕事の境目が曖昧な部分はあるが、自分の時間を仕事に捧げているつもりもない。

「家に帰ったたってどうせ暇だし……といっても、広報誌のは前倒しでやっておきたいだけ。来週平日に休暇を貰って川で一日のんびりすごそうかなって思ってるから」

「そういう目的があるなら、まぁ……しかたないな」

久東がことさら心配してくれる理由には心当たりがある。

「蓮くん、だいじょうぶ。むかしみたいにもう絶対に無理はしないから。心配しないで」

周囲に人がいないし、『町長』ではなくあえて幼なじみである彼の呼び名を使い、水波はにこりとほほえんだ。ようやく久東も納得したようにうなずき「なんか困ってることあったら、いつでも、俺にはちゃんと言えよ」と優しく肩を叩いて執務室へ戻っていく。

――地域活性化につながる新しいアイデア探し、町長のためにもがんばりたいな。

水波は励まされた肩に久東の優しさを感じながらうしろ姿を見送り、自分の机に向き直った。

□ 2 □

テレビ中継の一件からひと月が経った。

十月中旬を過ぎると夜はアウターが必要で、少しずつ季節が進んでいるのを感じる。

瀬理町は、降水量は多いが酷暑や豪雪に悩まされることはなく、気温の点だけで語るなら人が集まる市街地周辺より住みやすい土地だ。

水波は歓楽街のレストランを出たところで気温の差を感じ、腕にかけていたジャケットを羽織った。今日は高校時代の同級生の結婚式に招かれたため、名古屋にいる。

「水波、三次会は行かないの？」

挙式から行動を共にしている同級生のひとりが水波の耳元に「二次会も三次会も合コンみたいなもんじゃん」と囁いた。水波は「だからいやなんだ」という本音は言えず、「あした仕事で、こっちを七時前に出るんだ」ともっともらしい嘘でごまかした。

「久しぶりに名古屋まで出てきたのに、休み取ってなかったのかよ」

「うん、仕事が忙しくてさ。新郎新婦にはもう、帰るって挨拶したから」

水波は三次会へ向かう友人らに「またね」と手を振って見送った。

合コンだろうとなかろうと、女性と出会いたいと思ったことがない。新郎の同級生として祝福するという大切な目的は果たせたのだから、これ以上は肩身の狭い席に座り続けたくなかったのだ。

瀬理町とはちがい、政令指定都市の歓楽街の通りは人であふれ、賑やかで、煌びやかだ。まるでお祭りのような喧騒の中、水波はひとつため息をついた。

――なんか……瀬理とは別世界ってかんじ。

瀬理町役場でも『じつは名古屋まで一時間！』を強くアピールしているが、水波はこんなふうに何か特別な用があるときにしか来ない。

十代くらいの若い当時は、水波も目新しさや華やかさに惹かれ、高校を卒業したら都会で暮らすのだと考えていた。地元がきらいなわけじゃなく、若かりし頃に抱きがちな、ありきたりで薄っぺらな憧れだ。

都会は、どんな人間でも受け入れてくれる大きな器みたいに感じていたところもある。その最たる器が、水波は東京だと思っていた。そんな憧憬と現実には隔たりがあることを知って、安住の地にしようと決めたのが生まれ故郷だ。同級生たちからは「安住の地なんて、おじいちゃんみたい」とか「二十七でもう枯れてんの？」と笑われたけれど。

――まぁ……実際、枯れてんのかな。

都会の華やかさの中で生きるより、濃淡の美しい山の緑や、豊富な水量の川の流れを眺めるほうが性に合っている。

腕時計を見ると二十三時近い。帰宅するための公共交通機関は当然ない時間だ。

宿泊先のホテルに戻る前に、コンビニで飲み物でも買おうかと辺りを見回し、歓楽街の賑わいの中で、水波はひとりの長身の男に目を留めた。その男もこちらを見ている。

「……あ」

水波が思わず声を漏らすのと同様に、男も口を「あ」と開いた。

——イワナをぶちまけた新人アナの人！

階堂旺介だ。あの一件以降『サタまる！』で見かけるたびに、心の中で「がんばれ。今度は失敗するなよ」と応援していた。

水波が軽く会釈をすると、旺介は明るい表情でこちらへやってくる。会釈だけでこの場を離れるつもりだった水波は、気さくに声をかけに来てくれることに少し驚いた。

「……瀬理町役場の」

「保坂です。その節はお世話になりました」

さすがに水波の名前を彼が覚えているわけはないだろうと気遣って先に名乗った。すると旺介はびっくりしたような目をして「お世話になったのはわたしのほうで」と恐縮する。

「生中継の際にとんでもないご迷惑をおかけしました、階堂です」

旺介のほうも名乗ってくれたので、水波はほほえみながら「テレビ、見てますよ」と返した。

「先週放送の奇祭の生中継もおもしろかったです。大量の紙吹雪の中で階堂アナの姿をカメラマンさんが見失って、おとななのに一瞬迷子になったくだりとか」

「え……うれしいです。ありがとうございます。保坂さんは……結婚式の帰り、ですか？」

スーツに明るい色味のネクタイ、ホテル名付きの引き出物入り紙バッグを提げているから、ひと目で結婚式のゲストだと分かる。水波はその紙袋を軽く持ち上げて見せた。

「二次会が終わって、さっきみんなと分かれたところで」

「わたしも今日は名古屋で打ち合わせがあって、さっき局の者と分かれたところです」

そう言う彼は、ジャケットの下にクルーネックというややカジュアルな服装だ。

「保坂さんは、今から瀬理町に帰るんですか？」

「この時間だとバスもなくて瀬理町に戻るのは無理なんで、近くにホテルを取ってて」

旺介は「あぁ、そっか」と同情の表情を浮かべたあと、「あ、あの……」と何か思いついたような顔で、そわそわしはじめる。

「保坂さん、急いでホテルに戻る用事とかなかったら……あのときのお詫びとお礼に、ちょっとだけ、一杯だけ、飲みませんか？」

思いも寄らない旺介からの誘いに、水波は目を大きくして「え？」と笑った。

「あの、あそこのバー、気になってたんですけど。バーにひとりで入るって、なかなかに高いハードルで。ここで再会したのも何かの縁ですし」

そう言って旺介が指をさしたのは、水波の斜めうしろのビルの三階。通りに面した席から歓楽街を見下ろせるようで、その窓を彩る店名のネオンサインからしても大学生や若い人が入っていきそうなバーだ。

水波にとってはひとりでバーに入るより、親しくない人とふたりきりで飲みに行くほうがハードルが高い。

「ダイナーっぽいですね」

「あ、もっと落ち着いたかんじの店がいいですか？　バーじゃなくて居酒屋とか、立ち飲み屋のほうがよかったら……」

彼が『気になっていたバー』をあっさり取り下げる勢いなので、いちばんの目的は『お詫びとお礼』のほうなのかもしれない。

しかし選択の余地をくれるものの同行することがすでに決まったような会話に、水波は少々戸惑った。

旺介のほうは断られる可能性を想定していないのか、もともとそんなことはあまり気にしないのか、水波の反応をにこにこと待っている。アナウンサーという職業柄、ナチュラルにコミュ強なのかもしれないが。水波も戸惑いはあるものの、それが不思議と不快には感じない。

持っているお菓子を無邪気な子どもにおねだりされたような気持ちにさせられ、水波は思わず口元がゆるんだ。

——ほんとにこの人、顔は二枚目なのに中身が三枚目だ。

お詫びとお礼がしたいという気持ちもたしかにあるのだろうが、ほとんど思いつきの行動であまり深い意味がなさそうなのが、水波を気楽にさせる。

それにああいうしゃれたバーは瀬理町にはないし、こういうタイミングでないと行く機会なんて二度とないかもしれない。

「あのバー……行ってみましょうか、一杯だけ」

とくに断る理由もなかったので、押し負けたかたちで水波はうなずいた。


店内に入ると、通りに面した窓側のカウンター席がちょうど空き、案内されたバースツールに座った。

外観から受けた印象どおり、アメリカンダイナーが内装のコンセプトのようだ。

ブリキの看板やネオンサインが飾られた店内を見回し、水波は自然と顔がほころんだ。

「なんか、かわいいですね。好きです、こういうお店のかんじ。女性客が多いのも分かる」

調光を絞った間接照明で、意外と落ち着ける。少人数のグループや二人連れで飲んでいる女性が多く、大声ではしゃぐような客はいない。

「やっぱり若い人が多いですね。昭和レトロとか平成レトロが流行(はや)ってるし、そういう人たちからすると逆に新鮮でうけるのかな」

「え、保坂さんっておいくつなんですか？」

旺介の目が大きく見開かれている。

「二十七です。今年二十八。意外といってるってよく言われる」

「俺より四つも年上だった……お、あ、わたしは今年二十四になる二十三歳です」

つまり旺介は新卒採用ではないか、どこかのタイミングで留年か留学でもしたのだろう。

「階堂さん、いいですよ『俺』で。プライベートだし」

「保坂さんこそ、お気遣いなくタメ語でよろしくお願いします」

年下の旺介がメニューを置いて「お酒は強いほうですか？」と問いかけてくる。

「いや……そんなには。二次会でも抑えめに飲んだし。限界がなんか急にクるんですよね。眠くなるときもあるし。階堂さんは？」

「俺は普通ですかねぇ……」

こういう人が言う「普通」は言葉どおりではないことがほとんどで、すごく強そうだ。

柑橘(かんきつ)系のカクテルをオーダーしたあとも「フレッシュフルーツの、他のもおいしそうですね」とふたりでメニューを眺めた。野菜スティックとチーズのセットも併せて注文したので、一杯だけでと入ったが、そうはならないかもしれない。

「あ、そうだ。川魚料理を出すお店にお客さんが増えたんですよ。放送直後は去年の同時期の三割増し。階堂さんの手から逃げ出すほど活きのいい川魚ってアピールできたおかげかも」

水波の報告に旺介は「ええっ」と驚いている。

「よかった……俺のせいでイメージが悪くなっていたら……と気になってました」

地面に落としてしまった川魚料理の無残なありさまと、声なき悲鳴を上げる階堂アナ……という場面が目に焼きついていて、水波はつい思い出し笑いをしてしまった。

「え？　何を笑ってるんですか？」

「きらきら爽やかな男性アナウンサーなんて完璧な人でも、あんな大惨事の失敗するんだなぁって」

黙って立っていれば目を惹く美丈夫だ。アナウンサーは喋るのが仕事なのだから慰めにもならないので、その褒め言葉は呑み込んでおく。

「完璧だったら失敗しないと思いますけど……あ、ものすごく笑われてる」

「ごめん。だって、ほんとにムンクの叫びっていうか、漫画みたいな顔してたから」

「あ〜、顔に縦線がザーって入るやつですね。あの瞬間、頭が真っ白でした。セミファイナルでも情けない悲鳴を上げるし、保坂さんには散々な姿ばっかり見られてるな……」

イワナぶちまけ事件でセミファイナルのことをすっかり忘れていたが、いわれてみれば旺介は出会った直後から水波の前で三枚目なポンコツキャラを発揮していた。

「ひどいな、もう、笑いすぎです」

「でも、いつもはアナウンサーらしく、しゅっと、きりっとしてニュース原稿を読んでるんだし」

「……えっ？　もしかして……ニュースを見てくださったんですか？」

一度だけ深夜の五分間ニュースで見た、旺介の姿を思い出したのだ。

「けっこう前だったと思うけど……階堂さんが『サタまる！』に出るようになる前、かな？」

するとは旺介は、最初はうれしそうにしていたのに、すぐに「あー、えー……」と気まずそうな顔をする。

「あの放送がはじめてのニュース読みで、それっきりなんですよね。ニュース読みがとてもうまい同期の女子アナが、その深夜のニュース番組を担当しています。俺は『サタまる！』を担当ってことになって」

ようするに局内オーディションでそういう采配になったのだろう。

「階堂さんがバラエティや情報番組に向いてるってことなんでしょう？　いいじゃないですか」

「……そうでしょうか」

旺介の表情と声色から察するに、彼自身はそれをプラスとは考えていないようだ。

ニュース読みでライバルより劣っていたからバラエティ枠に回されたと解釈しているのだろ

うか。

そういえば、イワナぶちまけ事件のあとディレクターから「ローカルのお気楽情報番組だって舐めてるだろ」と叱責されていた。ニュース番組が高尚でバラエティ番組が低俗とまでは思っていなくても、『勝負に負けたからだ』という意識が旺介の中にあるのかもしれない。

アナウンサーの個性だけじゃなく、人気度や、能力の優劣によって担当する番組を振り分けられることもあるだろうから、旺介はそこに囚われているのだろう。

「あ、あの……まだ会うの二回目で、その短い時間で受けた印象と一視聴者の意見で申し訳ないけど、階堂さんのキャラが『サタまる！』にすごく合ってると思うな。スタジオとの少しズレてるかけ合いも見てて楽しいし」

「ズレてる」

「褒め言葉です。階堂さん、けっこう真剣に目の前のことに挑むじゃないですか。だけどスタジオのほうは『なんかおもしろいことやってくれるはず！』みたいな期待に満ちてるかんじがして。で、最終的に期待どおりに階堂さんがやらかすから」

そんなつもりがない旺介は困った顔で笑っている。

「算段して笑わせようとするんじゃなくて、その計算してないズレがおもしろいんですよ。局のニーズに階堂さんがうまく嵌まってるから起用されたんだろうなって、見てて思います」

「……天然ってやつなんですかね。自覚なかったです」

「天才ともいうんですよ」

水波がにこりとほほえむと、旺介は目をまたたかせたあと頰をゆるめててれている。

「喜んでしまった。恥ずかしい」

「新人らしくて憎めないかんじが、いいんじゃないかな」

「保坂さん、すごく褒めてくれる。地を這っていた俺の自己肯定感とＱＯＬが爆上がりです」

旺介がやっと心からうれしそうにしてくれた。

「イワナぶちまけは、やらかしが若干、度を超えてしまったけど」

「上げた直後に落とされた。その『天才』ってばかと紙一重のやつゃん」

頭を抱える旺介の姿に、水波は破顔した。

「あ、でも階堂さんのニュース読み、『聞きやすくていい声だな』って思いましたよ。僕はちょうどそのとき台所にいて、聞こえてくる声に惹かれてテレビ画面を見たんです」

そのときのことを思い出しながら水波が語ると、旺介は目を大きくしてじっと見つめてくる。

「……で、かっこいいアナウンサーさんだな、新人さんかなって、なんとなく記憶に残ってたら、次に見たときは『サタまる！』でずぶ濡れになってました」

旺介が「保坂さん上げ下げがえぐい」とうなだれるので、その姿に水波はまた笑った。

「ニュース読みを褒められるのは、アナウンサーにとって最大の賛辞なんですよ。保坂さん、ジェットコースターみたいに俺を揺さぶる……」

最大の賛辞になるとは知らずに褒めたが、視聴者としての素直な感想を述べたまでだ。

「完璧であることも素晴らしいけど、多少の隙があるほうが親しみやすさを感じて僕はいいと思うなぁ。きっとそんなふうに感じてる人も多いんじゃないかな」

「揺さぶられすぎて、まちがって惚れちゃったらどうしてくれるんですか」

笑顔の旺介のその言葉に、水波は瞬間的にすんとなった。

マジョリティから明確に線を引かれる刹那は、何気ない会話の中にこそあるものだ。

同級生たちが異性に恋をするのと同じように、自分が同性を好きになる人間なのだと水波が悟ったのは中学生のときだった。

――まちがわないと起こらないバグ……だよね。ノンケが男に惚れるなんてのは。

それはまぁそうだ。分かっているので変な期待もしないけれど、人を好きになることそのものまで『まちがいの産物』と言われてしまったような、少々複雑な気持ちになる。

結婚式も、その二次会も、水波には場違いに思えるし、そういう疎外感は性的指向を自認した当時からずっとあった。カミングアウトをしていないので明確に差別されたわけじゃなく、水波が勝手に引け目を感じているというものだが。

タイミングよく、オーダーしたカクテルがふたりに運ばれ、水波は密かに深呼吸して気持ちを切り替えた。こういうのは慣れている。いちいち深く傷ついていたら生きていけない。

――その瞬間は痛いけど、ついた傷をなかったことにするのに慣れちゃったんだよな。

二十七年も生きていれば、そうしたものだ。

偶然の再会を祝して乾杯し、清見オレンジとブラックベリーそれぞれひと口飲んだところでお互いに「おいしい」「おいしい」と言葉を重ね合わせた。野菜スティックは瑞々(みずみず)しく、数種類盛られたチーズもくせがなく食べやすい。

旺介が「よかった」とつぶやいたので、何がだろうかと水波はその続きを待つ。

「勢いで誘っちゃったんで」

「僕も勢いでついてきちゃいました。仕事で一回しか会ったことない人とふたりでバーに入るって、なかなかない」

旺介は「あ～」とだけ返したので、彼にとっては珍しくないのかもしれない。

「でも俺も前もって約束するってなると、ハードルがぐっと上がるかな。まず相手と連絡を取ることからスタートじゃないですか。だから偶然会った勢いっていうのは重要かもです」

「たしかに。でもこんなふうに誘ってくれる階堂さんは、友だち多そう」

「東京からこっちに来て一年未満なんで、知り合いが局内に限られてます」

新情報を得て「東京都出身?」と掘り下げると、旺介が「生まれも育ちも」とうなずいた。

「やっぱり東京の人なんだ。全体的な雰囲気もだし、都会の人なんだろうなって感じてました」

水波が何気なく返した言葉に、旺介がちょっと気まずそうにする。

「まだ岐阜市内も知り尽くしていないですが、瀬理町へ行ったのも、あの日がはじめてで」

やはりあのときの失態が、どうしても彼の頭に浮かぶのだろう。

「よそから来たんだし、それは当然だと思いますよ。わたしだって同じ県内の他の町のことを、東京の人より多く知ってるわけじゃないです」

水波のフォローに旺介はとくに言い訳の言葉など返さず、ただ小さく会釈する。だから水波のほうから話題を戻した。

「じゃあ、階堂さんの親しい友だちは、ほとんど東京にいるってことですね」

「そうですね。地元でも、頻繁に連絡を取る友だちは限られてますけど。保坂さんは？」

「僕の年齢になると既婚者も増えてくるから、若い頃みたいに遊ばないなぁ。地元の友だちとはたまに飲み会で話せたら満足で、すっかりひとりが気楽になっちゃって」

田舎で独り暮らしだと、「若い男がひとりなんてさみしいだろう」と同情されることは多いが、楽しくやってるのでどうぞおかまいなく、という気持ちだ。

でもかつては水波自身も、ひとりはさみしいのだと思い込んでいた。

「保坂さん、独身ってことですよね。彼女は？」

彼女の有無を訊かれたときに、なんのためらいもなく「いません」と答えるのにも慣れている。だって事実、彼女はいない。ただ水波にとってそれが一生いらないものだとは、質問した相手が知らないだけで。マイノリティに配慮して質問してほしいと思ったこともない。

「瀬理町にいると出会いもないけど、まぁ……恋愛はもういっか、って。結婚式で幸せそうな人たちを見ると『いいなぁ』とは思いますけど」

ひとりが気楽、恋愛はもういいなどと世捨て人みたいなことを言う水波の言葉を、旺介は何か不思議なものでも見るような目で黙って聞いている。

誰かのためのたったひとりになること、一億分の一の奇跡でそんな相手を見つけられた幸福は素直に羨ましいが、相手がいれば不相応な望みを抱いたり、過剰に期待したり、煩わしくて余計な感情が生まれてしまう。今はもう、ひとりでなんでも完結する気楽さが心地いい。

——アナウンサーなんて華やかな世界で生きてる人には、到底理解できないだろうな。

ゲイである自分自身の話はしたくないし、旺介から恋愛の話題を振られたので、水波も彼に同じ質問で返した。それに対する旺介の答えも「いません」だ。

「アナウンサーとして駆け出しで、まだそういう気持ちにもなれなくて。飲みに行くのも局の人たちばかりだしなぁ」

「職業的にも出会いが多そうなのに」

「いや、ありそうで意外とないんですよ」

強く結びつくほどの出会いはそう多くないという意味の、リア充がよく言うやつだ。

「瀬理町で暮らす僕よりはチャンスがたくさんあると思うけどな」

すると旺介は「う……」と返事に窮している。

「少子高齢化で過疎化が進んでるのは事実なんで、どうぞ気を遣わず。特別にこれっていう観光名所も名物もないし、移住を促す企画や人を呼ぶ施策をみんなで考えていろいろがんばってはいるけど手詰まりで。ここから人口増加を図って大きく挽回(ばんかい)するっていうのは難しいんだろうなぁ。お見合い企画をやろうにもそもそも若者がいないっていう根本的な問題が未解決だし」

　水波は野菜スティックのにんじんをぽりぽりと食べ「あ、にんじんが甘くておいしいですよ」と旺介にも勧める。旺介ももろみ味噌(みそ)とマヨネーズのディップをつけて口に運んだ。

「保坂さん、総務課の広報担当でしたよね」

　広報担当のはずなのに発言内容が多岐に亘(わた)るため、旺介は不思議に思ったようだ。

「あるときは広報担当、またあるときは防災担当だったり、ふるさと振興課のサポートだったりってこともあるし……」

「えっ、オールラウンダー？」

「そんなかっこいいのじゃなくて、『今回はこれ担当して』『ちょっとこれ手伝って』みたいなかんじで仕事が回ってくるんですよね。町役場の中では若手だし、総務課の使い勝手のいい雑務係ってところはあるかな」

　旺介は「それは負担が大きそう」と心配してくれるが、周りから一方的に仕事を押しつけられているわけではないのだ。

小さな自治体の町役場なので、職員はみな適材適所かつ臨機応変に動かないと回せない。同じ総務課でも財政や行政の担当者は手持ちの仕事で手一杯だが、水波は比較的フレキシブルな立場にある。とはいえ住民課、建設課、会計室などの業務となると守備範囲外だ。

「まぁ、ラクではないけど、楽しいですよ。瀬理町で暮らす子どもたちや、おじいちゃんおばあちゃんたちの元気な笑顔を見ると、自分が携わった仕事が役に立ってるんだって実感できて、うれしいし。たまに休日出勤もあるにはあるけど、定休で定時だから、のんびりできます」

生活が安定していて、おかげですこぶる健康だ。

「……保坂さんは瀬理町出身なんですか？」

「生まれも育ちも瀬理ですよ。岐阜市内の高校を出て、大学進学で東京に。卒業後に三年ほど都内の会社で働いて」

「えっ、東京から瀬理町に戻った……んですね……」

旺介は驚いている。東京と瀬理町じゃ何もかもが雲泥の差だ。

東京での生活を捨てて戻るほどの価値や魅力が地元にあるのかと問われれば、大半の人は首を傾げるだろう。

「じゃあ保坂さんはUターンなんだ。地元の人は喜んだでしょう？」

「流されるように戻ってきたから、そんなかっこいいものじゃないけどね」

東京での生活を捨てたのではなく、居場所がなくて逃げたのだ。

詳細を語らず言葉を濁したので、話したくない事情があることを察してくれたのか、旺介はUターンの理由にまでは突っ込んでこない。

もっと「東京でこれがやりたい」という夢などあれば、歯を食いしばってでもがんばったのかもしれないが、もともとそんな立派な気概はなかった。

東京には、おだやかな気持ちで当時を懐かしむようないい思い出なんてひとつもない。

人並みに大学生活を送り、卒業後に就職したのはワンマン社長が幅を利かせるIT関連の会社で、水波は営業担当として採用された。社長自らも営業し、契約を取るスタイルだったので、下っ端の水波は営業の中でも小間使いみたいなポジションだ。

ひどく忙しかった。平日休日関係なく、昼夜問わず社長から電話がかかってきて仕事を頼まれ、クライアント先への訪問に同行し、普通の会社なら秘書が任される雑事も有無を言わさず「ついでにやっておけ」と命令されていた。そもそも営業職なので、自分が担当している仕事も別にある。

ひとりで三役こなす勢いの作業量の末オーバーフローでひとつミスをすると、「半人前が」「サボるな」「役立たず」と人前でもかまわず罵倒（ばとう）され、それを水波も「自分の能力不足だから社長がこんなふうに怒るのもしかたない」と呑み込んでいた。

がんばればミスをしなくなる、認めてもらえる――「頼りにしてるぞ」と背中を叩かれ、ときどき貰える「助かった」「よくやった」という褒め言葉は心に打たれる麻薬のようで、あの頃は正常な判断力を失っていたのではなく奪われていたのだと今なら分かる。

毎日必死で働いて、なのにたいした手応えもないまま三年が経っていた。

終焉(しゅうえん)はあっけなかった。水波が体調を壊して一週間ほど入院したとき、「おまえがいなくても他の人間がフォローしてくれるからだいじょうぶ」と社長に言われた瞬間に目が覚めた。

飴(あめ)と鞭(むち)の連打の中「頼りにしてる」などとおだてられて、本当は替えのきく社畜Aなだけだったのだ。

苦しくてつらいことから逃げたかったとき、水波にとって戻れる場所が生まれ故郷の瀬理町だった。

「保坂さん？」

水波を呼ぶ旺介の声にはっとして、「ちょっと酔ったかも」と笑みを浮かべる。

もう思い出す必要はない過去の記憶をうっかり掘り起こして、いっときトリップしていたようだ。考え事をしている間に、けっこうなハイペースで一杯目のカクテルを飲みほしていた。

身体が少しふわふわする。でも気分は悪くない。

「二杯目、いきます？」

水波に問いかける旺介は明るい笑みでメニューを手にしていて、相変わらず『NO』と言われることを想定していないみたいだ。だから水波はちょっと笑ってしまった。

「そうだな……うん、飲もうかな。でもちょっとペース落とそう」

「お水も貰っておきましょうか」

店員を呼ぶ旺介の横顔を盗み見ながら、女の子とデートするときもこんなかんじなら相当モテるんじゃないのかな、と考える。

ふたりとも二杯目をオーダーしたあと、水波は自分の過去を話したくなかったので、旺介のほうに話を振ることにした。

「階堂さんは、市内で独り暮らしですか？　慣れました？」

「うーん、局と家の往復で、生活そのものにはだいぶ慣れたけど、ひとりだと自炊するのが億劫で、外食かスーパーやコンビニの弁当ばっかかです」

旺介は顔色ひとつ変えず、一杯目のカクテルを飲みほす。水波はすぐに届いた水を飲みながら、「スーパーのお弁当とかクオリティ高いのに安いですしね」と返した。

「保坂さん、Uターンってことは、今は実家暮らしですか？」

「実家だけど、ひとりです。僕がまだ東京にいた頃に姉が結婚したんですけど、不便な田舎に両親を残していくのは心配だって言って、両親も姉夫婦の家の近くに引っ越しを」

旺介は「あぁ、なるほど。それでひとりなんですね」とうなずく。

おかげで誰にも気兼ねすることなく実家に帰ってこられたのはありがたかった。

十年ほど前に水回りを中心にリフォームした家なので、全体的に見ると造りは古いが快適だ。

「ひとりなのをいいことに、庭にレンガとブロックでピザ釜をつくったり、テントを立ててみたり、好き勝手してます」

「テントはまだ分かるけど、えっ、ピザ釜を？　つくったんですか？　ひとりで？」

人に話すと旺介と同様に驚かれるが、ピザもピザ釜も想像するより簡単だ。

「そうそう。ぜんぶひとりで。で、ピザ生地をこねて、好みの具材をぜんぶのせて焼くの。満天の星空を眺めながら、焼きたてのピザに、缶ビールをぷしゅって開けて」

「何それ楽しそう！」

「楽しいよ、田舎暮らし。都会の住宅密集地の一軒家だって、炭や火を使うと煙で苦情がくるだろうし。その点、うちは周りが畑と森だから」

水波も以前はＤＩＹにも料理にも興味がなかったが、東京を離れて瀬理町に戻ると、日々の生活を楽しめるようになった。婦人会の方々や、近所に住む農家さん、周りにいる人たちが、水波に暮らしの知恵を教えてくれる先生だ。

地元で採れた自然の恵みを用いて自分で調理したものを口にすると、全身に染み渡るようなほっこりとした幸せに充たされ、ここに帰ってきてよかった、この町が好きだなぁと思う。

でも都会や市街地周辺で暮らす人は、「田舎には住めないな。たまに行くから『いいところ』なんだ」と感じるのだろうし、きっとそういう人のほうが多い。だから田舎町の人口は年々減り続けている。

「ふふ……階堂さん、あのとき『自分が本心から魅力ある町だと思ってないだろ』って怒られてたけどさ」

　旺介はそのとき追加オーダーで運ばれてきたシャインマスカットのカクテルを手にしたまま「う……それ掘ります？」と半泣きの表情をつくる。

　アルコールが効いているせいか、ちょっとだけいじわるしたい気持ちだ。

「さっきも『えっ、東京にいたのにあの田舎に戻ったの？』って顔したでしょ」

　水波が横目で見ると旺介は一瞬言葉に詰まり「してま……せん、と言いたい、ですけど」と、顔に出てしまっていた事実を最後に認めた。旺介のその素直さのほうが好感で、水波は笑みを浮かべて二杯目となるピオーネのカクテルを口に運ぶ。

「僕もいっとき都内で生活してたから分かるんだけど、東京は華やかで刺激にあふれてるだけじゃなくて便利だもんね。名古屋どころか岐阜市内ですら、どうしようもない格差を感じる。実際、瀬理町を出た若い人はほぼ戻らない」

「たしかに俺は田舎の魅力を本当には分かってなかったけど……でもこれから瀬理町のことも、他の町のこともっと知っていきたいと思ってます！　ポーズじゃなくてほんとに！」

　選挙演説みたいに力説され、水波は目を大きくしてにっこり笑った。

「アナウンサーさんも番組企画とか提案したりしますよね」

　突然矛先を変えた問いに旺介は面食らいながら「え？　あ、はい」とうなずく。

「じゃあテレビ番組で瀬理町のこともまた取り上げていただいて、階堂さんや視聴者さんたちに瀬理の魅力をもっと知ってもらえたらいいな。その際は小生も瀬理町役場広報担当としてしっかり対応させていただきますので」

会釈する水波につられて旺介も「よろしくお願いします」とぺこりとしたあと首を傾げ、「あれっ？　どこから営業トークにシフトしたのか分からなかった」と目をまばたかせる。

水波が最後の一本のにんじんスティックにかじりつくと、旺介は眉を寄せてじっとこちらを見つめてきた。

「保坂さん……にこにこしてて爽やか癒し系に見えるけど、相当やり手ですね？」

「いえいえ、まさか。ちょっと酔っちゃってるし。厚かましくつけ込みまして。ふふふ」

自分で言いながら、おかしくなってくる。

カクテルはおいしいし、水波の言動に旺介があたふたするのがなんだか楽しい。仕事でもプライベートでも水波の身近なところに旺介くらいの年下の人がいないから新鮮なのだ。

――それにちょっと、浮かれてるんだ。

旺介のほうから声をかけてくれた再会の瞬間から、うっすらとうれしい気分が続いている。田舎暮らしをひとりでも満喫しているし、さみしいとは感じないが、こんなイレギュラーもたまにはいいものだ。

「まずは階堂さん自身に瀬理町を知ってもらわなきゃ、ですよね。ぜひプライベートで遊びに来ていただけたら。いろいろと案内しますし」

「保坂さんが？」

「僕でよければ。山でも川でも森でも」

水波が笑顔で返すと、「口約束じゃなくて、ぜったい行きますからね」と目力と語気を強くして訴えられた。

「あ、保坂さん、連絡先を交換しておきましょうよ」

旺介がポケットから取り出したスマホをこちらへ向ける。

コミュ強の連絡先交換術はいやみなくとても自然だ。水波もそれに応じながら、誰かの連絡先を新規登録するの久しぶりだな、と考える。

手元のスマホに『階堂旺介』の名前で携帯電話番号とＬＩＮＥのアカウントを登録していると、同じようにスマホを操作しつつ旺介が「よかった」とつぶやいたので、水波は「何がですか？」と返した。

「誘ってよかったなって。こっちから声かけたとき保坂さん一瞬『えっ』って顔したでしょ？」

「……あ、それさっきの僕が言ったいじわるに対する反撃？」

旺介は肩をすぼめて、ただにまっとする。

「だから『声かけたの迷惑じゃなければいいな』って内心どきどきで」

「そういうのも僕の反応もぜんぜん気にしてないんだと思ってた」

「俺あとから『これでよかったのかな。あの言い方はダメだったんじゃ』って一人反省会するタイプなんです」

東京生まれの若くてハンサムなアナウンサーなんて、つねに人生の日なたを歩いてきたような成功者で、だからナチュラルに自己肯定感が高く自信もあるんだろうと感じていたが。

「考えて行動したつもりで、でもその判断に確固たる自信が持てない」

「行動力あるんだし、根っこにそういう謙虚さがあるのは悪いことじゃないと思うよ」

なんでも俺が世界水準というような自信家よりは、水波からすると好感を覚えるし親近感が湧く。

「……保坂さん、はじめて会ったときも最悪のピンチのところを助けてくれて、優しくて褒め上手で……となりの居心地よすぎます」

そんなふうに言われて、水波のほうも悪い気はしない。

手元のスマホに旺介からのLINEメッセージが表示された。

『テレビ局の近くに来る機会があったら飲みに誘ってください』

ぺこりとお辞儀する三頭身の織田信長（おだのぶなが）のスタンプを続けて受け取り、水波は彼に『瀬理町に遊びに来るときはご連絡ください』と返信した。

これはLINEのテスト送信みたいな、それほど意味のないやり取りだ。

水波とちがって、旺介は連絡先を交換する人もこの先どんどん増え、このトーク欄もディスプレイの下へ流され、消えていくのだろう。

それに、テレビ局がある岐阜市の中心地から瀬理町まで、有料道路を使っても一時間かかる。結婚式くらいのイベント事でもない限り水波が一時間かけて名古屋まで出てこないのと同じように、旺介がプライベートで瀬理町に来ることはないかもしれない。

でも、それでいい。

なんにも、かまわない。

ずいぶん前は、都会で高いサラリーを得て、人とのつながりが増えれば増えるほど人生は豊かになると信じていたけれど。

つながりが強く、多くなれば、それだけ不自由になったりもする。

ひとりは、気楽でいいよ——水波はこのときも本当にそう思っていた。

「あのとき『瀬理町のことももっと知っていきたいと思ってます』って言ってくれたけど、階堂さん……口だけだったんだなぁ」

「だからちがいますって。撮影が先に入っちゃいましたけど、俺はほんとにプライベートで瀬理町に来るつもりだったんです！」

そっぽを向いて横目で見る水波に対して、旺介が必死の顔つきで弁解する。

瀬理町役場にテレビクルーを迎え、旺介以外のスタッフが今日の撮影場所となる応接室の中へ入ったそのドアの手前で、ふたりは向かいあっていた。

偶然再会した夜にバーで連絡先を交換してから、三週間ちょっと経とうとしている。

どちらからもなんのやり取りもないままだったが、十一月に入り秋から冬へとゆるやかに季節が移っていく中、旺介から『ご存じだと思いますが、撮影で瀬理町役場に伺います』というLINEメッセージを受け取り、水波もビジネスライクに『お待ちしております』という短い言葉とスタンプで返して、トークが完結していた。

カクテル二杯分の時間の中で、初対面のときよりお互いのことを少し多く知ったというだけ。日々の出来事など他愛のない報告をしあうような仲ではないし、まぁこんなものだろうと気にも留めていなかったけれど、こうして旺介の顔を見たら、水波はなんだかいじわるを言いたくなったのだ。

「あ、笑ってますね？」

それに対して旺介が予想どおりの反応をしたので、水波は俯いて笑った。

「まぁ……プライベートだろうと仕事だろうと、瀬理町へ来ていただけたらどちらであってもうれしいです」

水波が「今日はよろしくお願いします」とにこりと笑うと、旺介はまだ何か言いたげにしていたものの同じように挨拶を交わす。

――……気にも留めないっていうポーズ、だったかな。

「こんなものだろう」と頭によぎった事実がある。自分でも気付かないうちに、旺介の明るい行動力をうっすらあてにしていたのかもしれない。そういうふうに意識するほどに、水波の中であれはちょうどよくおだやかで、楽しい時間だったのだ。

「水波、ここにいたのか」

そこに現れたのは撮影の主役である瀬理町の町長、久東だ。

「階堂さん、紹介します。町長の久東です」

旺介は水波と町長を順に見たあと、はっとした顔で名刺を取り出し挨拶している。

町長の久東と旺介の目線はほぼ同じ高さだ。でも旺介のほうが圧倒されている感がある。

高圧的というわけではまったくないが、初対面の人は、久東の身体から目には見えない強いエネルギーが放たれているように感じて、やや気圧されることがあるらしい。水波から見ても久東はたしかに生命力に満ちあふれて映るし、それは人を惹きつける求心力があるということかもしれない。

「はじめまして、瀬理町町長の久東です。『サタまる！』いつも拝見してますよ」

「畏れ入ります。本日、インタビュアーを務めさせていただきます」

若い町長にフレッシュな新人アナという組み合わせは、役場とテレビ局の双方が意図したものだろう。

軽く初顔合わせをしたあと、久東が水波の耳に顔を寄せて「インタビューの質疑の回答をまとめたやつは?」と問いかける。

「応接室のテーブルに置いてます。あ、メイクさんにひたいの辺りをちょっと押さえてもらったほうがいいかも、です」

水波も声を抑えながら、久東に返した。

「俺の顔、テカってる?」

「撮影用のライトが当たったとき、ピカッとしないように。念のため」

久東は「了解」と水波にうなずき、旺介には「では、のちほど」と爽やかな笑顔で会釈して、応接室へ入っていった。

応接室のドアが完全に閉まるのを見届けた旺介が、驚いた顔で水波と目を合わせる。

「……保坂さん、久東町長とすごく親しい……ですね」

「……まぁ、幼なじみなんで」

「幼なじみ!　どうりで」

旺介はますます目を大きくする。

「東京の大学を卒業してすぐに瀬理町に戻ってからは本庁の職員として勤務していたので、俗にいうたたき上げです」

瀬理町の前町長が辞任したあとを引き継ぐべく町長選挙に立候補したのが、当時の総務課職員で行政担当主任の久東だった。町長選挙に立候補する際に規定により町役場職員としては失職して臨んだ。久東の他に候補者はおらず、無投票当選を果たして今に至る。

「久東町長……パワーあふれる方ですね。オーラが半端ない。ちょっと緊張しました」

水波からすると旺介のほうがずいぶん華やかに映るが、久東と幼い頃からつきあいがある者とない者とでは感じ方がちがうようだ。

「気さくな人ですよ」

そろそろ中に入りましょうか、と水波は旺介を応接室へ誘った。

毎週日曜の正午前に五分間だけ放送されている『県政だより』は、県下の市町村が行っている事業内容や、自治体主催のイベントなどを紹介する番組だ。今回は久東が町長就任後から町役場をあげて取り組んできた『瀬理町創生総合戦略』について発信することになっている。

『瀬理町創生総合戦略』は、少子高齢化・過疎化という問題を克服するべく、若い働き手と未来の担い手を町に呼び込み、さらに定住促進を図るために、新しい施策や取り組みを積極的に実行していこうというものだ。また、財政を含む政策の見直し、削減も含めた総合的な改革が必要であることをマニフェストとして掲げている。

精悍（せいかん）な顔立ちでスタイル良し、最年少で就任した町長ということで、はじめの頃は容姿にばかり注目が集まり、肝心な新政策についてまともに取り上げてもらえなかったが、現在すでに最年少町長ではなく、キャッチーなワードがなくなるのと同時に周囲の見方も変わってきたようだ。

今回はメインテーマを『瀬理町に人を呼び込むための田舎体験とSNS戦略』に絞って撮影の予定だ。日曜の昼に放送されている番組なので、その内容を親しみやすく、分かりやすく伝えなければならない。

質疑の内容は局側からあらかじめ提示されたもので、台本に添って撮影が進められる。

撮影がスタートし、順調に進んでいく。

「瀬理町の田舎体験というのは、具体的にどういった内容でしょうか」

インタビュアーである旺介の問いかけに、久東が軽くうなずいた。

「瀬理町は総面積の約八割が山林で、南部と北部に一級河川を有する自然豊かな町です。三カ月間住み込みで林業を学びながら働くことができるといった人材育成の取り組みや、コミュニティーセンターでは婦人会によるくるみ餅作り、蕎麦打ちなどの田舎料理体験、竹やひのきを使った工芸品づくりが体験できるワークショップなど、定期的に開催しています」

瀬理町の地形と、田舎体験ができる場所を示した地図のフリップが掲示され、久東が説明したあと、旺介が「住み込みで林業を体験しながら……となると、瀬理町での暮らしも同時に深く知ることができますね」とアピールポイントを補足してくれる。

「他にも、空き家を買い上げてリノベーションし、宿泊施設にすることで、古き良き日本家屋とそこでの暮らしを日帰り、または一泊から体験していただけます。近くの川では釣りやキャンプも楽しめますよ。移住を検討する際にもご利用いただければと思います」

この辺りは編集によって現地の映像を流してもらうことになっているので、撮影後に水波が案内する予定だ。

「わたしも川での釣りを体験してみたいです。釣り竿などの道具を持っていないのですが……」

旺介の前振りに久東が笑顔でうなずいた。

「釣り道具のレンタルも行っていますので、気軽に手ぶらで来ていただいてもだいじょうぶです。また、養殖の川魚を釣ってその場で調理し、食べることができるお店もレジャー客に人気です。自然に限りなく近い設備で飼育されていますので、天然ものと遜色（そんしょく）ないおいしさですよ。そちらはサイトで休店日をご確認の上お越しください」

瀬理町をアピールできる時間は残り三十秒ほどだ。

旺介が別のフリップを取り出し、次の話題に移る。

「今伺った様々な企画を、瀬理町公式サイトやＳＮＳで発信されているということですが、どういったものなのか具体的におしえてください」

「はい。瀬理町公式サイトには田舎体験などの案内を掲載し、若い方たちにより身近に感じていただきたいのと随時新鮮な情報を発信可能なツールとしてツイッターとインスタグラム、さらに公式のＹｏｕＴｕｂｅチャンネルを開設して、瀬理町のリアルな情報を発信しています」

ツイッターやインスタグラムの画面、動画の一部がここで流れることになっているので、旺介がスマホでそれを見ているていで「川魚の釣り解禁日の情報やワークショップの情報も得ることができるようです」「山や川、森の景色が美しくて癒されますね」と解説を加えてくれる。

「フォロー、チャンネル登録をどうぞよろしくお願いします」

久東が『こちらまで』と、編集でQRコードを入れてもらう画面の下部を指さすポーズで最後にアピールした。

水波が月に二、三度の頻度で、撮影、編集した動画をYouTubeにアップしているが、開設から一年未満でチャンネル登録者数は三百程度、再生回数は平均で数百回、いちばん回っている動画で千回ほどだ。

――チャンネル登録者数が少しでも増えますように……！

県内外の人に興味を持ってもらい、あわよくば移住先の候補にあげてもらえればという意図もあって瀬理町の風景動画や情報を配信している。話題づくりを狙ったプロモーションビデオ撮影などの予算は捻出できず、かといって職員が一芸を披露するオモシロ動画でもない。

YouTube動画やTikTokでバズっている自治体もあると聞く。再生回数や登録者数が伸びないことに対して誰も水波を責めないが、静かなプレッシャーは感じているのだ。

町長を主役にした撮影は滞りなく終了し、そのあとは水波がテレビ局のクルーを引き連れ、宿泊施設となっている古民家と、車を乗り入れてのキャンプが可能な場所へ案内した。

編集で入れてもらう映像を撮影するだけなので、こちらも順調に進んでいる。

「予定よりだいぶ早く終わりそうです」

旺介が腕時計を見ながらそう告げたので、水波は「よかったです」とほほえんだ。水波もスマホで時間を確認すると、十六時になろうとしている。

「保坂さんは、戻ってお仕事ですか？」

「戻りますが、今日はもうこの撮影が終われば帰っていいと言われてるので……コミュニティーセンターに顔を出そうかな。今日は婦人会の方が富有柿で大福を作るって言ってたから」

この時間なら婦人会の方々がまだいるはずだ。

「あ、イワナ料理の中継のときにお世話になった婦人会の……？」

「そう。ＳＮＳ用の写真が撮れるかも。もち系のお菓子が季節ごとにいろいろあって、これからの季節は五平餅なんかも作ってくれる……」

水波がスマホから顔を上げると、旺介がじっと見つめてくる。それがどう見ても誘ってほしそうな顔つきだ。

婦人会のおばちゃんたちはなんでも多めに作って、いつも水波に「お裾分け」と言ってこっそり分けてくれる。今日も十七時頃までお茶を飲みながらおしゃべりしているはずだ。

「……階堂さんは、甘いものは好きですか？」

「好きです。大好きです。富有柿はまだ食べたことがありません！」

分かりやすい食べたいアピールに、水波は破顔した。

婦人会の会長と、同行のスタッフにも了承をもらい、その後、町役場に隣接するコミュニティーセンターを訪ねた。

二階建てのコミュニティーセンターは、調理場や多目的ルーム等を有し、町民の集まりにも頻繁に利用されている。

この建物のさらにとなりには町営の図書館、同じ敷地内に消防団の詰所も並んでおり、ここがいわば瀬理町の拠点だ。

他の撮影スタッフはたばこ休憩がしたいということで、旺介だけ中に入る。

前回の生中継で面識のある谷さんをはじめとする婦人会の三人は旺介を歓迎し、ふたりのために椅子を用意してくれた。

「お茶会に突然おじゃましてすみません」

「いいのよ、わたしらくっちゃべってるだけだから。富有柿の大福、食べてみて」

おもてなし部隊と化したおばちゃんたちが、旺介の前に緑茶と手作りの大福を並べる。水波はその様子を横目に、富有柿の大福をスマホで撮影することにした。

旺介の「うっま……！　もち、やっわ……！」という悲鳴まじりの感嘆が水波の耳にも届いて、思わず笑ってしまう。

「保坂さん、富有柿の大福まじでおいしいですよ。え、保坂さんいつもこんなおいしいもの食べてるの？」

「あらあらお上手ね～。もう一個食べる？」

おばちゃんたちに勧められ、旺介は「いいんですか？」とまだ一個目を食べながら答えている。そのまったく遠慮しないかんじが逆にいい。おばちゃんたちにも感じよく映るようで、みんなごきげんな様子だ。

「いつも午前中は家のことをやって、午後からほぼ毎日、コミュニティーセンターとか、誰かの家とか、畑とか、どこかしらで集まってるわね」

谷さんの説明に、水波は「僕も混ざることある」とつけ加えた。そこでお菓子作りや調理法を学ばせてもらっている。

旺介は「あー、なるほど。だからこんなに仲良しなのか」と婦人会の方々と水波の親密さを理解したようだ。

「保坂さんから『もち系のお菓子が季節ごとにいろいろある』って聞きました」

「これからの季節だと、半搗(はんつ)きにしたうるち米に甘塩っぱい味噌や醤油ダレをつけて焼く五平餅よね。春になればよもぎ餅、さくら餅、かしわ餅、秋はくるみ餅ってかんじで」

「それもぜんぶみなさんで作られるんですか？」

「そうよ～。さくら餅は桜の葉を塩漬けにするところからだし、くるみは山で実を取ってそれを煎(い)って……。お店で買ってきたのもおいしいけど、自分たちで一から作るのが楽しいのよ」

「ええっ、すごい。料理をレジャー化してる感覚ですね」

水波もはじめて知ったときは、なんでも自分たちで作っている様が、自給自足を楽しむアイドルのバラエティ番組みたいだ、と思った。

「これから春にかけて太るわ〜」

「あんた痩せたことないじゃないの」

どはははっ、と自虐で笑うおばちゃんたちにつられて旺介も笑ってしまい、直後に「すみません、すみません」と謝っている。それを見てまたおばちゃんたちも笑うというコントみたいな雰囲気に、水波も和んだ。

「こういうお菓子を作ったりっていうのを、瀬理町が推奨している田舎体験のひとつにされてるんですよね？　今日、久東町長にお話を伺いました」

旺介の質問にひとりが「まぁ、でもめったにないわよね。予約は常時受けつけてはいるけど」と言い、となりの恰幅のいいおばちゃんとうなずきあっている。

「名古屋どころか市内からだって一時間かかる場所で、そもそも他所から人が集まらないのよ。わたしたちは自分たちだけでも楽しめるから、それでいいんだけどね」

そう言う谷さんに、他のふたりも「楽しいし、おいしいし」と同意した。

「先々月いただいた川魚もおいしかったし、こんなおいしいもの、楽しいことをあまり知られてないなんて、もったいないなぁ……」

残念そうに眉尻を下げる旺介の向かい側に、水波も腰掛ける。

「もっとインスタとかツイッター、YouTubeも、いろんな人に見てもらえたらいいんだけど、難しい」

そう言いながら水波はテーブルの緑茶を「いただきます」と手に取った。

谷さんが思案顔で「そうね～」とこぼして続ける。

「みんな都会から流れてくる新しいものに一斉に『わっ』て飛びつくじゃない？　そういう魅力的できらきら眩しいものがあれば、こういう地味なものが目にとまらないのは当然かもね」

それに、様々な田舎体験は一過性のものとして終わるのが普通で、そこからさらに人を呼んだり、移住を促すところまでいくのは難しいことだ。

「でも、久東さんが町長になって、水波くんが瀬理町に戻ってきてくれた辺りから、ずいぶん変わったわよ」

「そうそう。このコミュニティーセンターも以前はあんまり活用されてなかったんだけど、調理場を広くしてオーブンとか入れてくれたおかげで、こういうこともできるようになったし」

「川魚の稚魚を保育園や小学校の子どもたちに放流させたり。それまでは漁協がぜんぶやってたけど、ああいうのをあえて子どもたちに体験させるっていうのがだいじな情操教育よね」

婦人会の三人からのこぼれ話に、旺介は「なるほど。川魚だけじゃなくてふるさとをたいせつにしようっていう心を育てますよね」とうなずいている。

「そういうのは久東町長の発案だったり、働きかけがあったからよ。今は『瀬理町のために』

って、ちゃんと町民のほうを向いて、わたしらのことを考えてくれてるかんじがするもんね」

「久東町長が就任する前は、ただタヌキの大福帳を肥やすばっかりでさ」

恰幅のいいおばちゃんがぼやくと、谷さんも「今もそこはあんまり変わらないみたいよ」とぼそっと苦笑いで返した。水波の目の前で旺介だけが「タヌキ？」と、なんのことか分からずにいる。

タヌキはもちろん動物の狸ではない。瀬理町の誰もがよく知る町議会議員のひとりをさして、そう呼んでいるのだ。

「町議員の渡貫正史(わたぬきまさし)。ワタヌキだからわたしらはタヌキって呼んでる。瀬理町のボスよ」

「瀬理町の新しい町長に三十歳の久東さんが就任したもんだから、タヌキはこれからも自分の思いどおりに懐柔できると考えてたみたいだけど」

「なのにあんまりタヌキの思惑どおりにいかないから、おもしろくないみたいよ」

瀬理町民なら既知の噂(うわさ)話だが、旺介にわざわざ聞かせるような内容ではないので、水波は三人に「もう五時だよ」と声をかけた。十七時までの使用申請のため、みんな「あら、もうこんな時間」と席を立ち、テーブルの片付けを始める。

旺介も手伝い、おばちゃんたちは「あら、優しい」「気が利く」とにこにこ顔だ。

「階堂アナ、はい、これおみやげの大福。でもちょっとしかないから、外で待ってるスタッフさんたちと分けて」

谷さんから大福が五個入った紙パックを手渡され、旺介は「ありがとうございます！」とうれしそうだ。

「また遊びにきてくださいね。イケメンの階堂アナならいつだって大歓迎」

おばちゃんたちは最後まで楽しそうに笑ってそんな冗談を言い、旺介も「じゃああした休みなので来ます！」と笑顔で返していた。


婦人会のおばちゃん三人の冗談まじりの言葉を真に受けて、本当に翌日瀬理町まで来てしまうという並外れた行動力を発揮するのが階堂旺介だ。

「……え、昨日の今日で？」

瀬理町役場の受付窓口の辺りの職員がなんかざわついてるなと、水波が目を遣ったら、そこに立っていたのが旺介だった。旺介は水波と目が合うとのんきに手など振っていたが。

遠慮して「ほんとに来たの？」とまでは言えなかったが、口に出したも同然だった。

「じゃああした休みなので来ます、って言いましたし」

ぽかんとしている水波の前で、旺介は「何かおかしいでしょうか」という不安げな表情だ。

たしかにきのうの去り際にきみがそう言ってたけどさ、と水波は内心で突っ込み、おかしくてついに肩を震わせて笑ってしまった。でも旺介は笑われる意味が分かっていない。

今日は完全にプライベートだからなのか、アウトドアブランドのウインドブレーカーの下はパーカ、ゆるめのスウェットパンツという、これまでと比べてずいぶんカジュアルな格好だ。

目立つ窓口付近から、旺介を少し離れたところに誘う。

「業務時間中で、あいにくわたしは案内とかできないんですけど」

木曜日の午後十三時過ぎだ。

「あ、もちろん、保坂(ほさか)さんはお仕事されてください。自分ひとりで行けます。となりのコミュニティーセンターですよね？」

「今日はメンテで閉まってますよ」

「えっ？」

旺介は驚き、「じゃあ、あれただの口約束だったのっ？」と、正式に約束をしたわけじゃなかったことをようやく理解したらしい。

「いつでも遊びに来てねっていうのは本心ですよ。階堂さんの『あした休みなので来ます！』を誰も本気だとは思ってなかっただけで」

「……俺の言い方か……！」

旺介は天を仰いでいる。時間をかけて来てくれたのにかんちがいで空振りなんて気の毒に思えて、水波もフォローに回ることにした。

「でも、谷(たに)さんたちもノリで『待ってるわよ～』って返してたから……。お互いにかんちがいしちゃったんですね……」

旺介はたしかに口調は明るいが冗談を言わないキャラクターだ。冗談だと思い込んで確認しなかったこちらも悪い。

でもさすが旺介だ。さっと気持ちを切り替えて表情を明るくする。

「ん……じゃあ、せっかく来たので、この辺で何かおいしいものでも食べて帰ろうかな」

「お昼ごはん食べてないんですか」

そんなやり取りをしていたら「水波が案内してあげれば」と、背後のパーティションから久東が顔を出した。そこはちょっとした打ち合わせなどができるスペースになっているのだ。

「わっ、えっ、久東町長、そこにいらしたんですか！」

旺介がぱっと姿勢を正すと、久東は椅子から立ち上がって「昨日の撮影ではお世話になりました」と挨拶した。旺介も深々と頭を下げる。

「いちばん近くの飲食店は車で三分くらいだけど、歩くと三十分くらいかかるんじゃないかな。階堂アナはどうやってここまで来たんですか？」

「JRとバスとコミュニティーバスを乗り継いで」

それだとうまく乗り継いで最短でも一時間四十分はかかる。働き盛りといわれる年齢の瀬理町民ならほとんどが車を所有していて、市内まで往復するのに公共交通機関を使って移動しようとはなかなか考えない。たとえ運転できなくても同居の家族が送迎してくれたりする。

おそらく同じことを感じて目を大きくした久東が、今度は水波に向かってほほえんだ。

「せっかくこんな遠くまで階堂アナにお越しいただいたんだし。瀬理町役場の広報担当として水波がいろいろと案内してさしあげたらいいんじゃないかな」

「えっ」

さっきの「水波が案内してあげれば」こそ、冗談ではなかったようだ。

「急ぎの仕事が詰まってるの？」

水波は窓口業務ではないし、抜けた分をあとから自分が補えばいいだけだ。

旺介は水波のとなりで「業務に支障を来してはいけないですし、わたしは適当に帰りますので」と的外れなフォローに必死だ。

田舎の不便さを舐(な)めてもらっては困る。旺介は知らないのだろうが、帰りのバスは都会みたいにすぐ来ないし、岐阜(ぎふ)市内までの逆ルートとなると、この時間なら最悪の場合なんと二時間かかるのだ。

「いえ、だいじょうぶです。わたしがご案内します」

久東は快い返事に満足げな顔をして「階堂アナにしっかり瀬理町をアピールしてきて」と水波に託し、「では」と旺介に会釈して踵(きびす)を返した。

瀬理町役場のトップである町長から直々におゆるしが出てしまった。

となりの水波と、去って行く久東の両方に「すみません、ありがとうございます」と旺介が頭を下げる。

「テレビのアポなし取材でも、うちは基本断らないから」

アポなしのていで来る番組もあれば、本当にアポなしで来る番組もあって、瀬理町としてはいずれも「(問題がなければ) 取材をお受けします」というスタンスだ。

「うわ、わ、わ、ごめんなさい!」

「あ、今のはいやみではなく、事実の話です」

「保坂さんには会うたびにご迷惑をおかけしているのも事実ですし……すみません」

心の底から恐縮している様子の旺介に、水波はにこりとほほえんだ。

「いえ。僕はついでに動画撮ったり写真撮ったりもできるし。こんな遠くの町まで二日連続で来てくれてうれしいですよ」

貴重な休みの時間を使ってやりたいことなんていくらでもあるだろうし、日頃の疲れを取るために寝てすごしたいという人だっているだろう。

「魅力ある町だと知ってもらえたら、いつか階堂さんがテレビで発信してくれるだろうし」

水波がふふんと笑うと、旺介は「それはもう、もちろん、はい」と、力強くうなずいた。

「出掛ける準備をしますので、ちょっとその待合所で待っててください」

旺介をそこに残して水波が自分のデスクに戻ると、上司である総務課長には町長がすでに根回しをしてくれたらしく、「いいかんじの動画と写真も撮ってきて」と頼まれた。

「水波がいない間に、なんかやっといたほうがいいことある？」

水波の向かいのデスクに座る行政担当の佐木田が声をかけてくれる。佐木田は瀬理町の人間ではないけれど水波と同じ歳で、お互いに頼みごとなどしやすい関係だ。広報担当は水波ひとりなので、彼に余裕があるときは広報のあれこれや動画撮影のサポートなど「手伝うよ」と買って出てくれることもある。

「今んとこだいじょうぶ。ありがとう」

「案内する相手、局アナだろ。『遊びに来てくださいました〜』って動画と写真を撮れば、いい宣伝になるじゃん。それをリポストしてもらえば」

自分の財布やスマホのバッテリー、ＧｏＰｒｏと三脚にもなる延長アームをスリングバッグに詰め「下心丸出しで行ってくる」と答えると、佐木田は笑って親指を立てた。

総務課を出て、車通勤なので着替える習慣もないが個人のロッカーに寄った。外出着のマウンテンパーカーを羽織りながら、これから旺介をどこへ案内しようかと思案する。

――まずは昼食か。

待合室の旺介をピックアップし、庁舎裏の駐車スペースに向かった。

「助手席、どうぞ」

「これ保坂さんの車ですか？」

東京から瀬理町に戻ったあと免許を取得し、購入したコンパクトカーだ。

「そう。荷物が積めて、小回りが利く車がないとたいへんだから。瀬理町で暮らす人は、車は一家に一台どころか一人一台所有していないと、買いものひとつですら苦労するんだよね」

「俺、免許も持ってないです」

「東京(とうきょう)だと、べつにいらないもんね。税金も駐車場代も維持費もかかるし。銀座(ぎんざ)の時間駐車料金をはじめて見たときは震えた」

シートベルトを締めていると、となりで旺介が口元をもにょもにょとゆるめている。

「何、にやにやして」

「やっとなんか、保坂さんが敬語を完全に撤廃してくれたなって思って」

言われてみればたしかに、だ。庁舎の中にいるときは『仕事だ』という意識も強くあったし、旺介はプライベートで来ているとはいえもともと仕事関係者だ。やや砕けた話し方になったり、敬語になったり、水波の中でもブレがあったのだが。

「……ん……まぁ、なんかもう階堂さんに気ぃ遣う必要ないかなって」

「えっ、どういう意味ですか?」

「そのままの意味」

いつも彼の思いつき行動に驚かされ、こっちも遠慮しなくていいのでは、と思ったのだ。

「ここから先は公務と言えば公務だけれど、ほぼ遊びに行くようなものだし。だから僕は気を遣わないし、階堂さんも『お仕事中に申し訳ない～』って思う必要ないから」

にっと笑ってエンジンを始動させる。

旺介は最初驚いた目をして、「ありがとうございます」とはにかんだ。

「保坂さん、やっぱ優しいな」

「恩を売っておいて将来的に回収する作戦だよ。局アナのハイリターンが見込めるから」

本音混じりで嘯（うそぶ）く水波に、旺介は「新人に先行投資すぎます」とうれしそうにする。

車がゆっくり進み始めてすぐに、旺介からまたもやびっくりの提案がなされた。

「気を遣う必要がなくなったところで、俺も『水波さん』って呼んでいいですか？」

「は？」

思わず盛大なしかめっ面になる。

「あれっ、だめですか？」

「あれっじゃないよ、おかしいでしょ、僕が階堂さんに気を遣うのやめた、『お仕事中に申し訳ない』って思わなくていいよって言っただけで、なんで階堂さんまで僕に気を遣わないでいいことになってんの？」

反論している途中から笑ってしまう。

「もちろん俺が気を遣わないってことじゃなくて、もう少し親しくなれるといいなと。みんな仲良さげに『水波』とか『水波くん』とか下の名前で呼んでるの、いいなぁって思って。あ、俺のことは『旺介』でいいので」

なんだその交換にならない交換条件は、と言いたい。

「無理。仕事関係の人を下の名前で呼べるわけない。そこはせめて『階堂くん』でしょう」

「じゃあ『階堂くん』でいいです、水波さん」

旺介はにっこり笑って満足げだ。ずうずうしいのに、なぜだか憎めない。

庁舎の敷地内ぎりぎりのところで車を一旦停止する。ここから右に行くか左に行くかだ。

「とりあえずお昼、どういうのが食べたいの。僕はもう食べたから、付き添うだけだけど」

旺介は「んー」と唸って、「そうだ」と手を打った。

「川魚、釣ってみたいです。釣ったのを料理してくれるお店があるんですよね?」

「あー、釣ったことないのか。釣り堀は? やったことある?」

「ないです」

「釣り堀のシーズンがもうすぐ終わるから、たしかにいいかも」

水波はウインカーを左に出して、車を再び発進させた。


ヤマメの釣り掘りを二十分ほど楽しみ、釣ったヤマメを店で調理してもらったので、水波も刺身だけご相伴に与った。

「釣り堀り、おもしろかったです。塩焼きも姿揚げもおいしかったなぁ。川魚って刺身にできるんですね」

「釣った直後で新鮮だからね。リピーターになってくれたら、お店の人も喜ぶよ」

残りのヤマメをクーラーボックスに詰め、次の目的地へ向かう。

「次はここよりちょっときつめの山道だから。揺れるよ」

旺介が食事をしている間に、町民のひとりと連絡を取っておいた。

ヤマメ釣りをした飲食店を出たら一旦山をくだり、そこからさらに山の奥へ車を走らせる。

目的地に到着して車を降りると、この山の所有者である佐野さんが「おお」とこちらに向かって手を挙げた。

六十五歳の佐野さん以外にも、同じくらいの年代の男性が他に二人、女性が二人、アウトドアチェアに座っておしゃべりしていたようだ。その傍には折りたたみのローテーブルが広げてあり、バーベキューコンロから炭火の煙が薄く漂っている。

「お疲れさまです。急におじゃましてすみません」

水波が「これ、さっき階堂アナが釣ったヤマメ」とクーラーボックスを渡しながら挨拶をすると、佐野さんは「そちらがテレビ局のアナウンサーさんか」と旺介に向かって会釈する。旺介も五人に向かっていつもどおりの挨拶をした。

「ところで、こちらはどういった集まりで……？」

答えの代わりに佐野さんが指で示す方向に、旺介が顔を向ける。旺介の視線の先、森のずっと奥まで広がるのは、原木栽培されている椎茸の海だ。

「えっ……この見えてる範囲ぜんぶ、椎茸の原木ですか？」

「そう。で、採りたてを炭火で焼いたり、ガーリックオイルやバターで炒めたりして、この場で食べる！　俺たちはここでときどき『きのこ合コン』をやってんのさ」

お酒をまったく飲めない佐野さんは地主で主催者で、ハンドルを握る役でもある。別のおじさんが「俺は酒をたっぷり準備する係」と続け、合コンメンバー五人が朗らかに笑った。

合コンとはいってもみな幼なじみや、家族ぐるみのつきあいをしてる友だちなど、その日の都合と気の合う仲間での集まりだ。

「階堂アナも水波くんも、合コンに入って」

佐野さんが椅子を用意してくれて、旺介と水波もその輪の中に横並びで参加することにした。

焼いている椎茸の笠の襞に水滴が浮かび、瑞々しくてとてもおいしそうだ。

焼き上がった椎茸を口に入れた旺介は限界まで目を見開き、「んまいっ！」と水波に訴える。

水波も「佐野さんの椎茸、やっぱ最高」と親指を立てて見せた。佐野さんはうれしそうに「こっちも食べてみ」と旺介にバター焼きを勧める。旺介は、今度は身悶えながら「やばい、これもうますぎる」と泣きそうな顔でそのおいしさを表現した。

「階堂アナは仕事じゃないんでしょ？　ビール飲む？」

お酒まで勧められて、旺介は「いいえ！　今日はそういうつもりでは」と断ろうとしている。

「せっかくプライベートで来たんだから飲んだらいいよ。僕が運転するからって気を遣わなくていいって」

水波も一緒になって勧めた。旺介は戸惑う傍からプラカップを握らされ、缶ビールを半分傾けた状態で「どうする？」と問われて観念したようだ。

旺介はおいしい椎茸をつまみにして、注がれたビールをうれしそうに飲んでいる。

「階堂アナと水波くんが加わって、今日はどえらいスペシャルな合コンになったなぁ」

笑顔の佐野さんに、水波も「合コンなんて久しぶり。僕なんかより佐野さんたちのほうが合コンやってるよね」と笑った。

「えっ、水波さんも合コン行くの？」

となりの旺介がやけに食いついてくる。

「東京から瀬理に戻ってからは一度もない、な」

当時は、合コンの頭数合わせで呼ばれることもよくあったが。

そんな話をしていたところに、佐野さんが顔を出す。

「次はにんにくホイル焼き、この山で採れた生きくらげのごま油炒めもうまいから食べな」

佐野さんが次々と椎茸以外のものも出してくる。

「俺、きくらげって細切りの乾物を水で戻したやつしか見たことないかも……」

都会育ちの旺介に、水波が「これが生きくらげ」と手のひらに現物をのせて見せた。

「なんか、こういう黒い金魚いますよね、らんちょう?」

すかさずおじちゃんに「らんちゅう、な。しっかりしろアナウンサー」と突っ込まれ、旺介は「あぁ、水波さん以外にもあほがバレる」と水波の肩に手をつき頭を押しつけてくる。

その瞬間、水波の胸はどっと跳ねた。何かを飛び越えてきた感があって、身体が固まる。

久しぶりに他人の体温や感触、重みを感じたからだ。

旺介のことがきらいなわけじゃない。ただ距離の詰め方に驚いた。

顔を動かしでもすれば旺介の頭にふれてしまいそうで、水波は耳が熱くなる。

普段は『握手する』辺りが間々あることだが、この程度のスキンシップは男同士の友だちレベルなら普通、のはずだ。

水波の動揺など知るよしもない旺介は、おじちゃんと何か言葉を交わしながらのんきに笑っている。

最初こそびっくりして緊張したのに、いくらかすると旺介の存在に慣れて、今度はじわじわと身体の中からあたたまっていくような、なんともいえない心地よさに変わってきた。

「きくらげ、いただきます」

旺介が身体を起こして離れると、密(ひそ)かにほっとするのと同時に、少し残念なかんじがする。

きくらげをおいしそうに食べて笑う旺介を、水波も周りにまじって見つめた。旺介はとなりのおばちゃんともけっこう距離が近い。コミュ強の距離感は、水波には刺激的すぎる。

そのあとも陽が暮れるまで様々なきのこ料理をふるまってもらい、旺介はビールやサワーを次々と注がれて飲んでいた。旺介の素直で明るい反応が、年上の方々にはとくにかわいく映るのだろう。みんなに注がれるから、だいぶお酒が進んだみたいだ。

暗くなってから合コンメンバーに見送られ、ふたりは両側の窓から手を振って挨拶し、車を発進させた。

元来たワインディングロードを戻るわけだが、酔っ払いにはつらいかもしれないので、窓を全開で、なるべく揺れないように慎重に運転する。

「気持ち悪くなったら言って。シート少し倒してゆったりしなよ」

「水波さん、甘えちゃってすみません。……あ、いいかんじのバス停で下ろしてくださいね」

この時間に、酔っ払いがバスで帰れると思っているらしい。

「けっこう飲んで、酔ってるんだし、バスや電車はきついでしょ。それにコミュニティーバスはこの時間になると、もう走ってない」

「ええっ？　まだ十八時過ぎなのにっ？」

「このまま家まで送るから」

旺介は「家っ？」とシートから飛び上がる勢いだ。

「うそっ、そんなのだめです。せめて途中で」

「途中までっていっても、乗り換え必須だし、そんなうまい具合に電車だって来ないからたいへんだよ。いいよべつに。こっちだってこの状態で帰すと心配になる」

心配なのは本当だし、市内まで片道一時間あまり、旺介を乗せてドライブするのも悪くない。

「水波さん……優しすぎ」

「町役場としての接待ですから」

途中何度も瞬間的に忘れていたが、そういうことにしておいたほうが水波は都合がいい。

「……ありがとうございます。すみません。お世話になります」

旺介はぺこりと頭を下げて、少しだけシートのリクライニングの角度を、遠慮しているのが分かる程度に調節する。

「水波さん、俺を送ったあとに町役場に戻って仕事とかじゃないですよね……」

「庁舎には戻りません、って合コンの途中で連絡しておいた」

「次に来るときは、ちゃんと連絡します。ＬＩＮＥします」

水波は「うん、そうして」と笑った。

「バーでＬＩＮＥのＩＤ交換したじゃないですか。でも……なんか、送っていいのかなぁ～って。バーで飲んだあとも、水波さんとの距離感がまだ摑めてなかったんで。どういうＬＩＮＥを送るのがいいんだろって考えて、分かんなくて……」

たどたどしい旺介の説明に、水波は前を見たまま運転しながら「ううん？」と返した。思いついたらとりあえず即行動の旺介なのに、何か考えを巡らせたのだろうか。

「だって水波さんに……『踏み込まれたくない』みたいな線を引かれてるかんじがしたから」

「え？」

思い当たる点が多くて、どきりと冷たい感覚が走った。うまくごまかしていたつもりだったが、悟られていたらしい。

旺介は「あー、なんか酔っ払って余計なこと言ってるかも」ともぞもぞしている。

「まだ二、三回しか会ってないんだから、そういう線があってもぜんぜん普通だし、それがよくないとかじゃなくて。逆に俺は『おまえの距離感バグってる』ってよく言われる」

近すぎる、というのは誰が見てもそう感じるのだろう。

「だから、なれなれしいなコイツとか、ずうずうしいやつだなって思われないかな〜とか、考えちゃって」

旺介はたんに思いつき行動ばかりしているわけではなく、人を見ている。

「そんなこと思わないし……」

なれなれしいなんて思わないが踏み込まれたくない部分が多すぎて、水波は何も言葉を紡げなくなり、ついに車内がしんと鎮まった。

いつも努めて明るくふるまっているつもりだ。笑顔でいれば人を不快にさせないはずという、思春期から染みついた処世術でもある。社会に出て、それをいいように解釈されて利用されることもあると知った。それでもいまだに、水波は誰に対しても、自分を朗らかに感じよく見せようとする癖がある。

「ん、じゃあ俺のかんちがいだったかな。あんまり余計なこと考えずに、ＬＩＮＥしますね」

水波は旺介の解釈に乗じて「うん。普通にＬＩＮＥして」と笑みを浮かべて返した。

つかの間でも本音を明かしてくれた旺介に、水波はごまかして虚勢を張っている。

東京でのこと、自分が抱えて生きてきた性的指向のことも、家族や友だちにも話したことがない。幼なじみの久東にでさえ、東京での苦しい経験についてはすべてを話せていないのだ。

今の今まで気付かなかったが、久東も水波がすべてを話さないのを承知で、詳しく聞こうとしなかったのかもしれない。

国道からバイパスへ入る。このあと高速道路を経由し、岐阜市内まで一時間くらいだ。

カーステレオから流れる音を絞った音楽がやけに耳にざらざらとする。

「水波さん、今日撮った写真っていつインスタに上げるんですか？」

沈黙を破って旺介が話しかけてくれて、彼の人柄に救われた心地で水波は声を明るくする。

「あした、かな。動画も撮ったけど、短いからそれもインスタだろうな」

「上がったら見ますね。あ、俺も局アナの公式アカウント持ってるんですよ。水波さんは個人で持ってますか？」

「あるにはあるけど、瀬理町のアカウントのほうを動かすのに忙しくて放置してる」

旺介が弄(いじ)っているスマホからよく知る音楽が聞こえてきた。

「ん？　それ瀬理町の動画見てる？」

「水波さんが上げてるＹｏｕＴｕｂｅ動画。映像も綺麗だし、カメラアングルとかシーンの切り替えとか凝ってるし、工夫して撮って編集してるの分かります」

「あ、分かってくれる？　基本的にひとりで撮影するからけっこうたいへんなんだよね。ＧｏＰｒｏとアクセサリグッズのおかげで、格段にいい映像が撮れるようになったけど」

「癒やし系の映像としても、もっといろんな人に見てもらいたいなぁ。俺のアカでおすすめとかしていいですか？　たいして影響力なくて申し訳ないですけど」

「え～、やってよ。ありがたい。リポストしてってお願いするつもりだったし」

高速道路を走りながら、となりの旺介の様子もちらっと気にかける。具合が悪くなったりしていないようなのでよかった。

「そういえば今日、佐野さんが『水波くんが土日も瀬理のいろんな集まりに顔を出してくれる』ってうれしそうに話してました」

旺介は動画を眺めながら、ぽつりとそんなことを話しだした。

「合コンの途中で水波さんが『なんか困ってることない？』って訊いてたじゃないですか。佐野さんは『町民の悩みや話を聞いて役場に届けてくれるおかげで、住みよくなってる』って言ってたし、そういえば谷さんたちも『ずいぶん変わった』って話してたな。水波さんは役場の職員として、いつも町民のことを気にかけてるんですね……」

「行けるときだけだよ。顔を出して一日中いるわけじゃないし、遊びの延長ってかんじ。あ、階堂くん、『この人おばちゃんたちと大福を食べてるだけだ』とか思ってたんじゃない？」

水波がおどけて問うと、旺介は「楽しくお茶してるんだな〜と思ってました」と申し訳なさそうにする。でも外側から見ただけなら、そういう感想になるのも無理はない。

「水波さんが楽しみながらがんばってるから、瀬理町の人たちは、水波さんが連れてきた俺のことまでよくしてくれるんだろうなぁって……今日その意味が分かりました」

そんなふうに言われたら、うれしくて頰がゆるむ。

「役場の外でも僕は『使い勝手のいい雑務係』なんだ」

水波のその言葉に、旺介が「えー……」となぜか不服そうに声を上げた。

「人が見てないところでもがんばってるのに、それだと実際に評価されるのは上の人だったりしませんか。俺だったら真っ先に『悔しいな』『どうして俺が雑務係なんだよ』って思っちゃう……かな。なんで俺はニュース読みさせてもらえないんだ、って悔しいですし」

バーで飲んだときも、旺介はそんな話をしていた。欲しかった花形ポジションに同期の女子アナが座り、二枚目顔の三枚目キャラだと無自覚なままバラエティ班に放り込まれ、よほど悔しかったのだろう。

旺介は若いし、上昇志向もあるだろうから、物事を自分の価値観でジャッジし、『上か下か』で考えてしまうというのも理解できる。でもそれくらいの闘志がないとアナウンサーなんて厳しい業界では生き残れないのではないだろうか。

「水波さんは、町政に直接関わって自分が動かせるポジション……町議とまではいわなくても、たとえば行政の担当になりたいとか、出世願望みたいなものはありますか?」

「んー……。町をなんとかしたいと本気で思ってるなら『行政担当を希望すればいいのに』って言う人もいるけど、町民に近いところで、町民の目線で寄り添える下っ端職員も必要なんじゃないかなぁって思うんだ。僕は『使い勝手のいい雑務係』を好きでやってる。何を目指してるかで、満たされる尺度ってちがうんじゃない?」

旺介が「水波さんは、満たされてるってこと?」と驚きの滲む声で訊いてくる。

「うん。だから今は、しあわせなんだ」

比べる基準となる前職の環境が劣悪すぎたのもあるだろうが、今は自分の働く価値や意味がはっきりと見えていて心に揺らぎがない。

「なんか……水波さんって俺の周りにはいないタイプです。誰かのためにっていうポーズの人とか、笑顔の裏でしたたかな人ならいっぱい見てきたけど」

明るくてコミュ強な彼だが、水波が知らない苦労やたいへんな経験も乗り越えて今があるのだろうと、その言葉を聞いて想像した。

「アナウンサー業界と町役場じゃ、世界がちがいすぎるよ。階堂くんは階堂くんで、プライド持って厳しい世界でがんばってるんだから。僕は応援してるよ」

旺介は目をまばたかせながら水波を見つめ、「はい……がんばります」とうなずいて、シートに身を預ける。

「……水波さんみたいな人、好きだなぁ。やわらかだけど真ん中に芯がある。成果を褒められたり感謝されたりする上の人たちの、そのずっと手前で密かにがんばってるなんて、俺のほうこそ応援したいなって思います」

旺介が発する「好き」には特別な意味がなくても、普段人から気易く貰う言葉じゃないから、単純にうれしい。さらに水波のがんばりを知ってくれて、それを応援したいとまで言ってもらって、ひとつ報われた心地だ。

胸の昂りを抑えつつ、水波は「ありがとう」と返した。ちらっと横目で見ると、旺介がこちらに向けているのはおだやかな表情だ。

「公式SNSの管理任されてて、総務課の他の業務もあって、休日は町民と交流して……。水波さん、ブラック企業並みに働きすぎだったりしませんか？」

瀬理町役場に関していうと、選挙や何か大きな改革が行われるときでもなければ、夜遅くまで拘束されることはない。

「ぜんぜんブラックじゃないよ。……本物のブラックに勤めてたから分かる」

「……それって、東京で働いてた頃の話ですか？」

「うん。パワハラもあったし、勤務時間外の拘束も激しくて、サビ残は当たり前。典型的なブラック中のブラック」

自分が何をされたとか、どういう扱いを受けたかという詳細は語らず、言える範囲で明かす。

「えー……そういうところっていまだにあるんだ。世間でこんなに問題になってるのに」

「表沙汰にならないだけで多いんじゃない？　パワハラもセクハラも、男女の賃金格差や待遇格差だって根強く残ってるし」

それがまちがいだと訴え、闘うには相当の気力が必要だ。自分の心がぽっきりと折れる前に逃げ出すので精いっぱいで、残念ながらブラック企業は案外したたかに生き残っていく。

「ん……、久東さんが町長に就任したのって一昨年ですよね……。ところで、水波さんが瀬理町に戻ったのって、いつだったんですか？」

東京でのブラック企業の話と、久東の町長就任と、町長と幼なじみの水波が瀬理町に戻った話が結びつくのではと考えたのだろう。勘がいい旺介に、水波は薄く笑った。

「七月に町長に就任したあと、職員の欠員で追加募集が出るから試験を受けてみないかって久東町長に誘われて。試験を受けたの十月だったかな。それで採用されて入庁した」

旺介の視線が頰に当たる。水波の周辺の人なら知っている話なので、部外者にわざわざ話さなかっただけでその辺りを隠すつもりはない。

「……久東さんって、水波さんが東京でブラックに勤めてることを知ってたんですか？」

「はっきりとは伝えてなかったけど、まぁ……ちょっと身体壊して入院してたから」

「えっ、入院？」

「一週間だよ。そんなたいしたことない。たまたまそんなタイミングで、久東町長が出張で東京に来てて、入院してることがバレて……で、『瀬理に戻ってこい』って言ってくれた」

病室に現れたときの久東の姿や表情を、水波は今でも思い出せる。

「そっか……。仲いいなぁとは思ってたけど、それだけじゃない、強い絆があるんですね」

旺介は車窓の外を流れる景色を見るともなく眺めている。

「だから僕、じつは町長による口利きのコネ採用なんだ」

おどけて言うと、旺介に「地方公務員試験にコネ合格はありません」と突っ込まれた。

コネ合格はなくても、人事の采配に多少は久東の意見が入っていたのでは、と水波は思っている。

「でもそういう経緯があったら、がんばってしまう気がする」

「恩返し的な意味で僕が無理をしてるんじゃないかって？」

「瀬理町のためにって気持ちも分かるけど……。自分のことも自分の時間も、たいせつにしてほしいです」

ブラック企業並みとまではいかなくても自分の時間を犠牲にしているのでは、と旺介は心配してくれているのだろうか。

「階堂くん、久東町長と同じ心配してる」

「ほら、じゃあやっぱ周りもおんなじように心配するんですよ」

「たしかにラクではないけど、ほんとに無理はしてない。今はあの当時とちがって一方的に『やりがい搾取』されるような働き方はしてないし、規則正しい生活で健康的」

「……前に『恋愛はもういい』みたいなことも言ってたでしょ。自己犠牲的なかんじになってるのかなって。ひとりの時間を誰にも邪魔されたくないっていうのも個人の自由ですけど、でも水波さんって……そういう人に思えないんですよね」

言い当てられて、どきっと胸が高鳴る。

「……へぇ……そう見えるんだ？」

「なんとなく、そう感じます。さみしがりのうさぎ系男子」

「うさっ……今年二十八になる男にやばいよその表現。痛い、痛い。変な汗が出てきた」

本当にぞわぞわして震え上がると、旺介は「だってどのカテゴリーかというと犬でもないし、猫でもないし、ライオンでもヘビでもないなって」とうさぎ系説を推し続ける。

「うさぎ系男子は感情表現が苦手で、さみしがりの甘えんぼうで、人見知りでマイペース。さみしいと浮気するくせに束縛しすぎると逃げ出すらしいです」

「最悪じゃん！」

声を上げて笑っている旺介に「そういう階堂くんは何系なんだよ」と問い返し、反撃ポイントを探ることにした。

「周りからは典型的な犬って言われます」

「うわ、つまんな……ツッコミどころなさそ」

「ツッコミどころならありますよ。投げられたボールを一目散に取りに行くし、誘惑に抗えず最終的に負けるし、エサを貰えるならいくらでも食べる」

残念ポイントだが、かわいくもある。旺介は飛んでいったボールに全力で走って行きそうだし、行動が直感的だ。

「犬系男子は人懐っこくて社交的。素直で一途。甘えたいし、甘えられたいし、尽くすのが好き。嫉妬深くてさみしがりなので、相手にしてもらえないと拗ねるのが特徴らしいです」

旺介はたしかに、犬っぽい。なるほどと思って、水波は笑った。

「なんか分かる気がする……ん？　なんの話してたっけ」

「まぁ、うさぎも犬も人間も、ほんとはひとりはさみしいんじゃないかなって、俺は思うんで」

水波の『恋愛はもういい』はポーズや強がりなんでしょと、旺介は言いたいのだろう。

――ポーズや強がりじゃなくて、あきらめ、ってのも、あるんだよ。

また今日も、さらけ出せない言葉を呑み込む。

旺介に対して「いいな」「かわいいな」と思う程度の淡い好意を抱いているが、どうにかなりたいわけじゃないから伝える気もない。こんな友だちづきあいくらいがちょうどいい。

ほんとはさみしい……は、事実かもしれないけれど、恋をしたって、どうせもっとさみしくなるのだ。

□　3　□

水波は瀬理町役場から車で五分ほど山側へ向かった先にある集落の、築五十年の一軒家に住んでいる。

十一月も残りあと十日。朝晩は十度を下回る。

水波はエスプレッソメーカーに挽き立てのコーヒー豆をセットし、同時進行で食パンを焼いた。パンにはバターと、谷さんたちに教わって作ったぶどうジャムをつける。

瀬理町で暮らしていると、自然とともに生きる、ということを強く感じる。無理のない地産地消と楽しみながらの自給自足で、日々を営んでいるからかもしれない。

朝食のカフェラテとパンを、ゆったりのんびり味わう。そんな日曜の朝のルーティーンの途中で、ＬＩＮＥの通知音が響いた。パンを片手にスマホを覗くと、旺介からだ。

『今日、弊社の女子アナも連れて行っていいですか？』

水波は眉を寄せ、目を瞬かせた。

——弊社の女子アナ？

心の中で「はい?」と、スマホの画面に向かって疑問をぶつける。

旺介も今日は仕事が休みらしく、二日前に『日曜、そっちに遊びに行ってもいいですか?』とLINEが来たのだ。とくに決まった予定はなく、適当にすごすつもりだったので、水波は『いいよ。番組の企画で瀬理町を扱ってくれるの期待してる』と返した。

きのこ合コンに参加して、酔っ払いの旺介を車で自宅マンションまで送り届けた日から十日経っている。

送り届けた帰り際、たしかに「また瀬理町に遊びに来てくれたら、接待かねて案内するよ」と水波は言ったたし、旺介も「今度はちゃんとアポ取ります」と笑って返してくれたが。

——弊社の女子アナ?

水波はもう一回、心の中で繰り返した。

胸がもやもやと、ちくちくとする。苛立(いらだ)つとまではいかないものの、「は? なんで?」という気持ちであることはたしかだ。

そんな自分に、水波は「いやいや……」と驚いて笑った。

旺介は瀬理町をもっと深く知るために社会科見学に来るようなもので、同じ局アナを連れてくるというのは、なんらおかしいことはない。むしろ「ありがたい」と喜ぶべきで、水波がもやっとするのがおかしいのだ。

「当日の朝、急に言ってきたとしても」

昨日中に言われても、その内容にもやっとしたと思うからタイミングは関係ない。

水波は手に持っていたパンを一旦皿に置き、小さくため息をついた。ぶどうジャムをたっぷりのせたパンのおいしさが、どこかへ消える。

「……やだな……こういうの」

旺介は何も悪くない。水波自身が気付かないうちに、いつの間にか、旺介のことをたんなる仕事相手以上の、恋愛の対象として見てしまっていたことを、こんなふうに自覚させられることがなんともやるせないのだ。

――いつの間にか……っていうか、車で家まで送ってあげた日。

旺介のことを「いいな」と思った。

水波が細々とやっていることを理解して心を寄せてくれた感覚があって、うれしかった。彼が言ってくれた「好きだなぁ」も向けてくれる好意も、水波とは別物だと分かっている。

自分の性的指向が、同性との友情を築く上でどうしようもなく邪魔になる。

仕事で知り合った人だし、もともとそんなつもりはなくても、会う回数や話す機会が増えて距離が近くなり、人となりに好意を抱くと、「いいな」と思ってしまう。

――階堂くんがすっごいぶさいくなら、こんなふうにならなくてすむのに。

肩を落として俯き、絶対に人として声に出して言えない悪態をつく。

相手は仕事関係者、ノンケだ。友だち以上にはなりようがない。

「これは、仕事」

心に言い聞かせるために、声に出して呪文(じゅもん)を唱える。

旺介をあちこち案内するのは自分の仕事なのだ、と思うほかない。


アナウンサーは全員コミュ強だ、と痛感する。

「オフの日はひとりで宅飲みしてる陰キャです」なんて言われても、『陰キャ』はテレビカメラを前にして人前で喋(しゃべ)るとか無理でしょうし、と思うのだ。

待ち合わせ場所に旺介が連れてきたのは、旺介の三歳年上、宇木(うき)こまちという女性アナウンサーだった。水波も画面越しには見たことがある。

上背のある旺介と並ぶと身長差が明らかで、ソールに厚みのあるスニーカーを履いてやっと百六十センチくらい。うしろでゆるく束ねたロングヘアーの、目鼻立ちがはっきりした美人だ。

ぱっと明るい表情と声で自称・陰キャが冗談としか思えない宇木アナは、瀬理町には数年前にロケで訪れたことがあり、プライベートで遊びに来るのははじめてとのことだった。

「水波さん、今日は急に朝からいろいろ変更してごめんなさい」

少し離れたところで川の景色を眺める宇木アナのうしろ姿を横目に、旺介が水波に控えめに声をかける。

もともとは旺介が公共交通機関を乗り継いで来る予定だったので、便のいい駅まで水波が迎えに行くつもりでいたが、彼女が車を出すことになったのだ。

「帰りの足も心配しなくていいし、車を出してもらってよかったよ」

「瀬理町で食べたヤマメとか椎茸の写真を見せながら自慢話したら、興味持ってくれたんで。事前にアポ取った意味はなかったですけど……」

申し訳なさそうにする旺介に、水波は「ううん」と明るくほほえんだ。

「謝ることないよ。興味持って、来てくれてうれしいし」

本当はもやっとしたなんてもちろん伝えない。それに嘘は言っていない。

ふたりを連れて芋掘りの許可を貰った畑でさつまいもを収穫し、それを車に積んで婦人会が待つコミュニティーセンターに移動する。車内のルームミラーで後方からついてくるエコカーの様子を覗くと、運転している宇木アナの助手席で笑う旺介の姿が見えた。

胸にいやな痛みが広がる。

水波はすぐに目を逸らし、それをやり過ごした。

――先輩女子アナに、かわいがられてるんだろうな。

芋掘りは幼稚園の頃以来という宇木アナと、はじめての旺介とで盛り上がった。

水波がさつまいもを傷つけずに掘る方法を教え、ふたりはそれを実践する。相変わらず虫が苦手な旺介が「うひゃっ」と悲鳴を上げて畑に尻餅をつく横で、宇木アナが「女子か」と突っ込んだりして。水波もそれをスマホカメラで撮影しながら笑った。

——宇木アナ、明るくて、気取ってなくて、気さくだし。

「オフの日はひとりで宅飲み」と自己紹介するくらいだから、きっと恋人はいないのだろう。そんな先輩女子アナの前で旺介もリラックスしているように見えるので、相性はよさそうだ。ルームミラーで覗いたふたりの姿は、ドライブ中のカップルにしか見えなかった。

水波は、よかった、とほっとする。

もし自分が旺介を「いいな」と思う以上に好きになってしまったあとだったら、小さな鏡の向こうの彼らが羨ましくてしかたないだろうし、ひどく苛まれたにちがいない。

こうして彼らと別々の車に乗っているみたいに、恋になるその手前で分かれてよかった。

コミュニティーセンターにつくと、谷さんを含め五人の瀬理町民が迎えてくれた。

このためにわざわざ集まったのではなく、もともと予定していた内容に、さつまいものスイーツを追加したかたちだ。

「ランチに地元の銀杏ときのこの炊き込みごはんと、なめこと豆腐の赤だしのお味噌汁。このあと芋と栗のスイーツ三昧だから、ランチは少なめにしておきました」

谷さんの説明に旺介と宇木アナは「ありがとうございます！」と礼を述べ、目の前の料理に目を輝かせている。炊き込みごはんも赤だしの味噌汁もいい香りだ。

「炊き込みごはんには少しもち米も入れるのよ」

「最高ですね。うわぁ……いい色、いい香り」

宇木アナが手うちわで炊き込みごはんのにおいを嗅ぎ、目をきらきらさせている。

多目的ルームに長テーブルを置き、婦人会の方々と、旺介、宇木アナ、水波の順番で並んでランチタイムとなった。翡翠色の銀杏をのせたごはんを、旺介が大きな口を開けてもりっと頬張ると、おばちゃんたちから「いい食べっぷり！」と拍手が沸く。

「水波くんは塩煎りがいちばん好きよね」

谷さんの言葉に、宇木アナが「あぁ、わたしも銀杏の塩煎り大好きです！」と手を挙げた。

「食べすぎると中毒を起こすから要注意なんだけど、あれ、とまらなくなりますよね」

「塩煎りが好きなら、ごま油をたらして一分くらい火にかけた銀杏と塩昆布の組み合わせ、宇木アナにおすすめします」

「うわっ……妄想でビールが飲めます」

水波と宇木アナがうなずきあっていると、谷さんがほほえましそうににっこり笑う。

旺介はひたすら箸を進め、あっという間に炊き込みごはんを完食する勢いだ。

もう少し食べたいのを抑え、このあとのスイーツに賭ける。掘ったさつまいもを圧力鍋で蒸してスイートポテトに、ひと口大に切って素揚げにしたものは大学芋になる予定だ。

他に、婦人会のほうで栗の渋皮煮を準備してくれていた。渋皮煮はそのままでもおいしいが、今日はこれを用いてモンブランとマロンパイを作る。

「水波くんも料理上手よ。今年作ってくれた渋皮煮がおいしくて、わたしらも作ろうって話になったんだから」

「なんと栗の渋皮煮を作る男子、素敵！　女子力超えてもはやオカンの域に達していらっしゃる？」

宇木アナに驚きの目で見られて、水波は「料理初心者の僕に谷さんたちが作り方を教えてくれたんですよ」と笑った。

「今どきは料理くらいできる男子じゃないと、っていうじゃない？」

谷さんの問いに、宇木アナも「そうですよ～。ねー、階堂くん」と話を振られ、旺介は「あっ、それ料理できない俺の悪口だ。よくないですよ、そういうの」と口を尖らせるので、おばちゃんたちも笑っている。

続いて旺介と水波は、マロンパイの中に入れるこしあんを作る係を任された。小豆をやわらかくなるまで煮て、灰汁をこまめに掬っていく。

「余ったのを持って帰って、僕はあしたの朝食であんバターパンにするんだ」

「バター一本買うと、残りをぜんぜん使えないままダメにしちゃう率が高いから……あ、分かった。俺が水波さんちに住んじゃえばいい。一緒に作って食べれば食材も余らないし」

水波はぱちりと目を大きくした。一瞬で、自宅の台所に旺介と並んで料理する姿を妄想して、うっかり心躍ってしまう。

「階堂アナが毎日JRとバスを乗り継いで片道二時間かけて通勤しないといけないね」

旺介のそれが冗談だと分かっていても、軽いおしゃべりにいちいち本気で心がざわついて、たぶらかされてしまうのが腹立たしくもある。

「俺、今決めました。車の免許取ります。ぜったい取ります。うん、そうだよな。車あったほうが便利だよな」

旺介は思いつきで言い出したことに自分で賛成するという不思議な一人芝居をしているが、水波は小豆の煮え具合を注視するふりをしていた。

やがてスイーツが完成した。栗の渋皮煮とこしあんをパイ生地で包んで焼いたマロンパイ。焼き色をつけたスイートポテト。醤油ダレを絡めた大学芋。渋皮入りのモンブラン。どれも自画自賛の出来映えだ。

みんなで秋のスイーツを堪能（たんのう）したあとは、余ったものを持ち帰るためパックに詰めていく。水波と宇木アナがその作業を行った。

「スーパーに行けばたいていのものは下処理された状態で売られているけど、自然の恵みを得て一から作るって、おもしろいですね」

宇木アナの言葉に、水波も「料理っていうより、レジャーなんですよね」と同意した。

「栗拾いや銀杏拾いもやってみたいな。渋皮煮をわたしも作ってみたい」

「また遊びに来てください。渋皮煮を砕いてパウンドケーキにしたり、ペースト状にしてバニラアイスと混ぜたり……あ、そのバニラアイスにラム酒を加えると最高です」

宇木アナは「ラム酒をバニラアイスに！　それぜったいやります」とうなずいている。

片付けも終わり、宇木アナが婦人会の方々から教わったレシピをメモしている間に、旺介から「水波さん、ちょっと」と多目的ルームの外に手招きされた。

あらたまってなんだろうか、と思いながら水波は旺介のあとに続く。

振り向いた旺介は、今日いちばんというくらいにまじめな顔だ。

外は夕暮れで、多目的ルームから廊下に出ると、辺りがオレンジ色に染まっている。

やけに旺介がもったいぶるので、水波は「何？」と訝(いぶか)しんだ。

「……どうでしょうか、宇木アナ」

旺介が何を言っているのか見当がつかず、水波は「どう……って？」と首を傾(かし)げた。

「水波さんと、けっこういいかんじに見えるので」

旺介の言葉に、水波は表情をなくして固まる。

どこをどう見たらそう見えるのか。

歳が近いからだろうか。食の趣味が合いそうだからだろうか。

「僕なんかより、むこうのほうがそんなつもりないって」

自分の意見を示すことなく、水波は答えをここにいない相手のせいにして逃げた。

「そんなことないと思いますけど」

旺介は宇木アナと何か話をして確信があるから、こんなことを言うのだろうか。

水波からすると宇木アナと旺介が似合いのカップルに見えていたので、まさかこんな展開が待ち受けているとは予想だにしなかった。

旺介は、水波の反応を待っている。しかし水波は旺介を一瞥したただけで押し黙った。

「連絡先だけでも交換するとか。そこから新たな出会いにつながるかもしれないですし」

田舎に住んでいるから出会いがないと、そういえば旺介に話したことはある。

旺介に自分の性的指向を明かさず、結婚式で幸せそうな人たちを見ると『いいなぁ』と思うとも言ったたし、東京にいた頃は合コンに参加していたという旨の話もした。だから人伝の紹介を水波が拒絶しているわけじゃないと、旺介は解釈したのだろう。

――いいなぁって思うだけで、べつに……さみしくて困ってるなんて言ってない。

しかし、水波が本音を隠しているのだから、旺介がかんちがいするのは無理もないのだ。

それに彼なりにおせっかいを焼きたくなるほど、水波がした数々のおもてなしをうれしく思ったのもあるのだろう。

旺介に悪気がないのも分かるが、今回ばかりは愛想笑いすらできない。

べつに旺介も交際を勧めているわけではなく、「連絡先の交換だけでもしておけば」と合コンでよくある程度のことを言っている。ここで固辞するほうがおとなげない。

旺介に「水波さんと、けっこういいかんじに見えたので」なんて言われなければ、ＬＩＮＥのＩＤ交換くらい気易くできたはずだ。でもそんな根回しをされたあとでは、かたちだけの対応すらしたくない。

水波は沈黙したまま心が揺れた。

旺介からの勧めで、という部分で、水波は自分で思うよりずっと心が傷ついていた。好意と恋の狭間(はざま)ほどのところにいると思っていたが、自分の身体はすでに恋のほうに傾(かし)いでいたらしい。でも傷ついて気付くような恋に、明るい見込みはない。

「今日ここに来たときから……もしかしてそういうの込みだった？」

目を逸らしたまま水波が問うと、旺介は「あー……」と言い淀(よど)む。

今思い返せばだが、食事をするときも水波のとなりに宇木アナが並ぶように動いていたし、いろいろと作業をする中でも旺介が「これ宇木アナと水波さんで」と誘導していた気がする。

「……宇木アナから『行きたい』って言われたときに、水波さんと歳も近いし、出会いになればなぁっていうのは、なんとなくありました」

いろいろとお世話になっているお礼に女の子を紹介するというような、そういう意味での行動なら、今後もこれを繰り返すことはあり得る。

——……なんかもう、いいや。

捨て鉢の気分になり、水波は小さくため息をついた。

「……急に、こういうの困る。もう二度と、やめてもらえる？」

考えるより先にストレートな言葉を、思ったより低い声で言ってしまい、あぁ……やってしまったと、すぐさま暗い気持ちになる。

「あ……あ、ご、ごめんなさい。先に言っておけばよかったですね」

旺介は『急に』という言葉だけを捉えたようで、的外れなことを謝ってきた。

「いや、だから、先に言っておくとかそういうことじゃなくて。僕は……女の人と特別な意味を持って会いたいと思わないから」

「……え？」

今度は回りくどい言い方をしてしまったせいで、旺介には伝わらなかったようだ。

「はっきり伝えてない僕も悪いけど……、女の人は恋愛対象にならないんです」

水波は床面だけを見て、そう言いきった。

隠したままうまくごまかすこともできたかもしれないが、相手が旺介だから水波の中のダメージが大きく、最良の躱（かわ）し方も名案も浮かばなかったのだ。

旺介とのつきあいがこれで終わって、最初の『仕事関係者のひとり』に戻ってもかまわない。どうせまちがいのひとつも起こらない関係だ。ノンケの悪気ない行動に自分だけが一喜一憂して心を乱しているのだから、深手を負う前にむしろ区切りをつけたほうがいい。

ふんわりぼかして逃げて、いらぬ気を遣われるくらいなら、はっきり伝えて二度とこういうことにならないようにしたいという気持ちが勝った。

いくらかの沈黙のあと旺介が息を吸う音が耳に届き、水波は奥歯を噛んだ。

「……あ……そ……だったんですね……すみません、俺、余計なことを……」

「いや……こっちこそ、ごめんね」

ちらっと旺介の顔を見て、短く謝る。驚かせてしまっただろうし、きつい言い方をした自覚はあったからだ。

旺介は戸惑った表情で、何か言いかけて、結局言葉に詰まったようだった。

すごく反省しているという空気が伝わってくる。

水波はいたたまれず「中に戻ろうか」と声をかけ、反応を待つことなく旺介に背中を向けた。

コミュニティーセンターで婦人会の人たちと並んで、旺介と宇木アナを見送ったあと、水波も帰宅した。

余って持ち帰ったお菓子と炊き込みごはんをひとまずテーブルに置き、洗面台で手を洗う。目の前の鏡に映る自分の顔から、水波は目を逸らした。

――あのとき……階堂くんの前で、きっと今よりひどい顔してただろうな……。

アナウンサーなんて華やかな世界で生きている人たちが、そう何度も瀬理を訪ねない。都会の人からすれば田舎のあれこれがいっとき物珍しかっただけだ。

いつまでも落ち込んでいたくない、という気持ちで顔を洗い、台所に戻る。

持ち帰った炊き込みごはんに合わせて、秋刀魚を七輪で焼こうと決めた。

庭に秋刀魚の焼ける香ばしいにおいが漂い、七輪に焼べた炭が爆ぜて、明るいオレンジ色の火の粉が舞い上がる。フクロウやケリの鳴き声が遠く響くのを聞きながら、心が平穏を取り戻していく。

やっぱり、ひとりでいい。自分自身の機嫌を、自分で取るのも簡単だ。

秋刀魚と炊き込みごはんを静かな気持ちで食べていると、板張りに置いたスマホからＬＩＮＥの通知音がふたつ続けて鳴った。見ると旺介からだ。その名前だけで一瞬動揺する。

ひとつ目に『今日は、午前中からありがとうございました』とお礼が書いてあり、続けて『それと、俺の勝手な思い込みで、いやな思いをさせてごめんなさい』の文章の最後には、土下座する犬の動く絵文字がついている。

水波は、犬系男子だから犬の絵文字なのかなと考えて、ふふっと笑った。絵文字がついているけれど、ふざけているような印象はない。

水波は『こっちこそ、きつい言い方してごめん』と返信した。でももう、口に出した言葉は取り返しがつかないことは分かっている。

瀬理町の広報担当として、『よかったらまた、レジャーやデートで瀬理町に遊びに来てください』とメッセージを送信した。

以前、『踏み込まれたくない』みたいな線を引かれてるかんじがする、と旺介は言っていた。このメッセージからも、そういう線を旺介は感じ取るだろう。それでもきっと彼なら、さようならの代わりに優しく知らん顔をしてくれる。

すぐに既読がついて、旺介から『ＹＥＳ！』のイラストスタンプが返ってきた。

旺介の反応は期待したとおりだ。水波は心の中でありがとうと唱え、おだやかにほほえんだ。

恋になる前に恋が終わったような不思議な感覚に包まれながら、縁側に寝転(ねころ)ぶ。

――会わなければ、きっとこんな想いも忘れる。

彼のことを「いいな」と思い、今日会えることだって楽しみだったし、水波自身ちょっと浮かれていた。女性を紹介されたことに傷つくほどには意識もしていた。でも彼も誰も悪くない。

庭に置いた七輪のなかなか消えない熾火(おきび)の明かりを、水波は静かな気持ちで眺めていた。

□　4　□

始まる前に恋が終わり、いつもと変わらない月曜日がきて、滞りなく週末がやってくる。

そんな一週間を過ごして迎えた日曜日の午前八時。朝食の最中に水波はスマホを凝視し、困惑していた。

今朝は土鍋で炊いたわかめごはんのおにぎりを韓国海苔（のり）で包んだものと、さつまいもと油揚げの味噌汁だ。

『今日暇なんで、遊びに行ってもいいですか?』

これまでと変わらない調子で届いた、旺介からのＬＩＮＥメッセージだった。

旺介にはいつも、水波の想定を超えた行動で驚かされる。

『今日、僕は午後からキャンプに行くので』

平坦に、事実だけを伝える。もともとそこに誰かを招くつもりもない。

相手などできないという意味で返信したら、旺介から『お友だちとですか?』と返ってきた。

「……なんなんだよ……」

旺介がどういうつもりでこんなメッセージをくれたのか分からない。

水波は、今度ははっきりと『ひとりキャンプが趣味なので』と綴った。これでさすがに通じるだろうと思ったら、再び斜め上な即レスが来たのだ。

『えっ、じゃあ俺も行っていいですか?』

水波はテーブルにごとりとひたいをぶち当てた。

「じゃあ、じゃないだろ……」

返信をするより早く三連続でメッセージの受信音が鳴る。

『すぐ出られます』『あ、今日は俺ひとりで行きます』『JR&名鉄で』と表示されるそれらを、水波はテーブルに顔を寄せたまま戸惑いながら読んだ。為す術もなく既読がつく。

「ん～っ……」

水波はひたいをテーブルにこすりつけて唸った。

旺介のこのかんじは、前回のあれを水に流してこれからもよろしくお願いします、ということなのだろう。

「……どうしよう……」

身体を起こし、スマホを両手で持った。

返信しないまま迷っていると、今度は、織田信長が天下布武ののぼり旗から『ちらっ』と顔を出すというイラストスタンプだけが届き、水波はついに噴き出してしまった。

旺介の無神経さが、いっそ心地いい。いや、ああ見えて聡いので、じつは無神経なふりをしてくれているのかもしれない。

あれで友だちのつきあいも終わり、もう旺介から仕事以外の連絡がくることはないと思っていた。しかし旺介はそうじゃなかった。旺介が水波に特別なタグ付けをすることなく普通に受けとめてくれるなら、それを拒否するのは逆に意固地すぎる。

自分と同じ性的指向以外の人に、水波が自身のことを明かしたのははじめてだった。

水波の中でカミングアウトというのは、ガラスのコップを割る行為に似ている。欠片を集めて接着したところでひずみや罅が残るように、一度割ったグラスは、どうやったってもとには戻らない。それと同様に、カミングアウトをすれば、それまであった関係は確実に変わってしまう。変わらないふりをしたとしても、でもぜったいに以前と同じにはなれないと思っていた。

でも旺介は、それとはちがう気がする。同じ関係には戻れなくても、砕けたガラスをとかして、またちがうグラスをつくり、「コレいいですよね」と笑ってくれそうだ。

今日旺介と会えば、水波の思い違いではないことが分かる気がする。

たしかめたい、と思った。会って、たしかめたい。

旺介はこれまでと変わらない友だちでいることを望んでいるから、いつもの調子で『遊びに行きたい』と連絡してきたはずだ。水波はその望まれている場所に収まればいい。

――彼の友だちくらいにはなれるかな。

水波の頭の中で、今日会ったらもうだめな気がする――と怯(おび)える自分もいる。

旺介のことを焦がれるほど好きになってしまったとしても、どうにかなるはずがない。それがいやなら会わなければいいのだ。

『駅まで迎えに行くから、何時のに乗ったか連絡して』

水波は友だちでいるためのメッセージを送信した。

駅のパーキングスペースに駐車した車の中から、旺介の姿を見つけてじっと視線を送っていると、すぐに気付いてうれしそうにこちらへ軽く駆けてきた。

――犬系男子のお手本みたいだな。

かわいく思えて、ちょっと口元がゆるんでしまう。

動きやすそうなキャンプスタイルの旺介が、運転席側にまわってくるのが分かってフロントドアガラスを開けた。

「すみません、水波さん、迎えに来てもらって」

ずうずうしいのも、でも礼儀正しいのも変わらない。

「……乗って」

水波が答えると、旺介がにっと笑って助手席側に回る。

——僕のほうが、普通でいられない。

普通でいようと意識すればするほど、目も合わせられず、言葉少なくなってしまう。

旺介は「おじゃまします」と助手席に座って、シートベルトを締めた。

「ひとりキャンプってどこ行くんですか？」

「……お気に入りの場所。私有地だから役場でも紹介してない穴場なんだ。うちの町内に地主さんがいて、許可を貰ってる」

「へ～、楽しみ。あ、これ、来る途中で買ったおみやげです」

旺介に袋を渡されて、「何？」と中身を覗く。

「スモークオイルサーディンとか明太子ツナとかほたての貝柱とか、おいしそうな缶詰セット。キャンプにも使えるし、余れば持ち帰れるので」

「へぇ……おいしそう。ありがとう」

顔を上げたら旺介と目が合い、ほっとしたようにほほえまれた。

——……もしかして、階堂くんも……不安だったのかな。ただずうずうしいのでも無神経でもなくて、本当は……。

今ここで話を蒸し返すのもどうかと思うので、缶詰の袋を一旦旺介に戻し、秘密のキャンプ地へ向けて出発する。

紅葉ももうすぐ終わりだ。色鮮やかだった葉が、徐々に朽葉（くちば）色に変わっていく。

地主しか通らない山道に入り、目的地で車を停めた。四方を鬱蒼（うっそう）と茂る木々に囲まれていて、川が流れる音が耳に届く。

旺介に手伝ってもらい、キャンプ飯の準備を始めた。

「スペアリブと、和牛を焼く。ほたての缶詰を海鮮ピラフに使おうかな」

水波は貰った缶詰を開けて、旺介にも「はい、つまみ食い」と差し出した。ふたりとも料理ができるのを待てず、「うまいっ」と声を揃（そろ）えて笑う。

バーベキューコンロを見張れる位置にアウトドアチェアを置いて、ノンアルコールカクテルと缶詰をつまみ食いしながら、料理ができあがるのをふたりで待った。

頭で想像するよりも案外、普通にできている。旺介もいつもと変わりない。

水波はあの日、自分がゲイであるとははっきり伝えなかったが、旺介のほうは自身を性対象として見られるかもしれない恐れなどは感じないのだろうか。

もしかするとそういう可能性をまったく考えていないから、水波の性的指向がゲイだろうとバイだろうとなんだろうと、彼にとって気にするところではないのかもしれない。

――『恋愛はもういい』って僕が最初に言ったから、安心してる……とか。

最初から友だち枠しかないと思っている可能性は大ありだな、と考えていたところ、旺介が水波を覗き込んで「どうしたの?」という顔をする。

ゲイと友だちづきあいをすることに、旺介のほうは少しのためらいもないのだろうか。

自分がマイノリティ側にいると告げてしまったので、話すことにもう躊躇(ちゅうちょ)しなかった。

「……僕は……カミングアウトってものを、はじめてしたんだよね」

水波の告白に、旺介が目を大きくして「……俺も、されたのははじめてです」と返した。

「カミングアウトをすると、これまでの関係が変わってしまうものだって思ってた。僕はゲイだから、その相手と友だちだったとしても、同性の人だととくに、知った途端に避けられたり、物理的に距離を取られたりするものなんだろうなって」

全員がそうだろうとはもちろん言わないが、生理的に受けつけられないのも、本心では受け入れてもらえなくても、それはどうしようもないので、あきらめるしかないと思っていたのだ。

「……んー……でも、俺、水波さんのことは、人として好きだしなぁ。ゲイだって言われたから避けるとか距離を置くみたいなことは、ぜんぜん考えなかったです。むしろ俺が無神経なことして、水波さんにきらわれちゃったかなって……」

旺介がしゅんとうなだれて、今日の突撃メッセージについて告白を始めた。

「俺は今までどおりつきあいたいし、あのまま水波さんと終わるのはいやだったから……『ひとりキャンプが趣味』って言ってるのにばかなふりして、ちょっと強引だったけど。今日はごめんなさい以外で、ちゃんと水波さんと仲直りしたくて」

水波も、さらなる謝罪が欲しかったわけじゃない。

やっぱり旺介は無神経なふりをしていたということだ。水波のほうからなんて絶対に動かなかったし、フェードアウトしたつもりで、自分で自分を排除していた。だけど旺介はそんな水波に全力で歩み寄ってきてくれる。

——恋愛対象として意識してる人に「今までどおり友だちでいたい」って言われてるのに、……うれしい。

友だちであることを宣言されて、全身で受けとめられたような感覚になるなんて思いもしなかった。それどころか、そんなふうに想って行動してくれたことを知ってしまったら、逆に惚れてしまいそうだ。

「だから今日もし水波さんに『来るな』って言われたら……とかは、怖すぎて考えたくないから、とにかく必死でウザい無神経ＬＩＮＥを連打して……」

必死でばかなふりをしてメッセージを送ってくれたのかと思うと、きゅんときて困った。

「僕が今日、断ってたら……」

その場合友だち関係が完全に終わると分かった上でのつぶやきに、旺介が「ん……」と思案顔になる。怖すぎて考えたくないと言っていたそれをわざわざ想像してくれているらしい。

「ばかなことして水波さんにいやな思いをさせた自分が情けなくて、自分に腹が立って……死ぬほど落ち込むと思います」

旺介が苦笑いするのを、水波は申し訳ない気持ちで見つめた。一方的に人を拒絶して、水波のほうが相手を傷つけていたかもしれない。

「……はじめて言えたのが、階堂くんでよかった。友だちでいてくれてありがとう」

水波も「ごめんなさい」以外の言葉で、今の想いを伝えた。すると旺介も、ほっとしたようにうなずいて笑う。

――階堂くんとの関係を、たいせつにしたいな……。

むくわれるとかむくわれないとか、そういうものは関係なく。

ひとつ大きな扉を開いて内面を明かし、それを受けとめてもらったことで、もう少し話してもいいなという気持ちになった。

「……僕の初恋は中学生の頃で、相手は男子高校生だった」

「あぁ、まぁそれくらいの頃って、年上の人のことを好きになりがちですよね」

旺介が気楽な調子できいてくれるのが心地いい。

「でも、ゲイだってバレたくないから、周りに話を合わせて。当然、好きとは言えないし、つきあえたりとかはなかった。そのあとおとなになってからもずっと、相手は男の人」

思い出話をしたのは、一過性でもバイセクシャルでもないと分かってもらうためだ。

「そっか……。好きって言えないって、つらいね」

旺介はぱちぱちと上がっては消える火の粉や燻る炭を眺めて、小さくつぶやいた。

旺介が共感して汲み取ってくれた部分がそこだったことがうれしい。

「狭い町だから、噂が広まると親きょうだいにまで迷惑かけるし。言動がちょっと女の子寄りの子を『おかま』とか『オトコオンナ』ってからかう風潮とか、そういうのを見て育つと『隠さなきゃ』って思考になるよ」

田舎に限った話ではなく都会にもそういう人の目はあって、理解が進んで生きやすい世の中になりましたと喜べる状況でもないと思う。

そうこうしているうちに、海鮮ピラフも炊けて、スペアリブもいい照り具合に仕上がり、最後にスキレットで和牛ステーキを作ってキャンプ飯が完成した。

俵形のチーズ蒸しケーキに縦横に切れ目を入れてリベイクし、バターとはちみつをかけた食後のデザートも、旺介が「ギルティすぎる」と震えながら平らげたから笑った。

水波はコーヒーを片手にアウトドアチェアに深く腰掛け、まったりとする。

「階堂くんが、どうして僕にここまでなついたのかよく分からない」

瀬理町へ来るのだって、便のいい駅まで水波が車で迎えに行ったとしても、市内から一時間程度はかかるのに。

「前にも言ったけど……水波さんは優しくて褒め上手だし、となりに居心地よすぎてQOLが爆上がりなんです。それに、ローカルテレビの局アナとはいえ家を出れば周りにいるのは視聴者だと意識して行動すべし、と厳しく注意されます。休日も爽やかにきらきらしてなきゃいけない。でも水波さんの前では気負ってなくていい。素でいられる」

「周りの目を気にして、よれよれのジャージでコンビニには行けないんだろうな。休みの日にもそれは疲れるな」

瀬理町はそもそも人が少ない。こんな山奥だと本当に人がいない。旺介も息抜きができる。

「それだけじゃなくて、水波さんって俺とはちがう次元にいるかんじがして、すごい人だなぁって思う」

「ちがう次元って何よ。となりにいるし」

「水波さんは純粋に瀬理町のために、自分の時間も費やしてるのに自己を犠牲にしてるわけじゃなくて、ほんとに楽しそうに働いてるじゃないですか。尊敬します。俺はアナウンサーを目指したときに心に決めたことを忘れて『上だ下だ』ばっかり気にして、ただのプライドの闘いになってた。水波さんのおかげで、それじゃだめだって気付いたんです」

旺介がアナウンサーを目指したときに、心に決めたこととはなんだったのかを知りたい。

「階堂くんは、どうしてアナウンサーになったの?」

「志望動機ですか?」

旺介はアウトドアチェアに座ったまま姿勢を正し、面接中の就活生のようにあらたまった顔をする。

「わたしの声と言葉で、人に的確で有益な情報を伝える仕事がしたくて、アナウンサーを目指しました。わたしが発した言葉や行動から情報を受け取った視聴者が、よい結果を導き出せるような、そんな発信力のあるアナウンサーになりたいと考えております」

「お〜、そこ影響力じゃなくて発信力なんだ」

自己アピールに水波が拍手を贈ると、旺介は「はい。発信力です」とうなずいた。

「発信力を高めるための経験が、俺は圧倒的にたりてない。アナウンス技術を向上させるのは当然として、もっといろんなことを自分自身で体験して身をもって知るのもたいせつだなって。ニュース読みだとかバラエティだとか、そこにこだわる前にやることあるだろって、反省したんです」

「じゃあこういう経験ひとつも、アナウンサーとしての血肉になるってことかな」

「はい。バラエティだととくに急にコメントを求められることも多いし、言葉の瞬発力を上げて、説得力を持たせるためには経験って重要だと思って。たとえば、使い捨ての割り箸一本がどうやってつくられてるのかなって疑問は、本を読むとかネットで調べればいくらでも答えは出てくるけど、自分の身体で知るほうがおもしろいし、深く吸収できる気がします」

「たしかに、おもしろがるっていうのはだいじかもね」

旺介の言う「おもしろい」には、いいかげんさや無責任さがなくて好感を覚える。

「栗拾いと銀杏拾いもやりたい」

「あぁ、先週のやつか。栗も銀杏ももう少し早めの時季なんだよな。十月から十一月くらい」

「じゃあ来年までおあずけですね。その時季になったら誘ってください」

来年の約束をしようとする旺介に、水波は「うん」と軽く返した。

水波は、いちいち喜んではいけない、と自制を利かせる癖がある。でも心は密かにそわそわとしてやまない。

——困ったな。うれしい。

「そういうわけで、俺、これからも水波さんに『遊びませんか』って連絡すると思うので」

水波は「え～」と笑いながら、いっぺんに華やいだ気持ちになった。

旺介が巻き起こす突風に身体をさらわれてしまう。でもたんなる友だちの誘いに喜んでいるのか、恋愛感情でときめいているのか自分でもはっきりと分からない。

「瀬理町もですけど、県内のあちこち、まだ知らないことだらけなんですよね。だから休みが合う日に一緒に遊んで回りませんか？　水波さんも以前『同じ県内の他の町のことを、東京の人より多く知ってるわけじゃない』って言ってましたし」

「なんで僕まで」

「自分の身体で行動することがだいじって話に、さっき共感してくれたじゃないですか」

旺介はにこやかだが、まじめに訴えている。そこで水波もはっとした。

「そうだな……他の町を見てまわれば、瀬理町活性化の新しい改革案につながるヒントが得られるかもしれないなぁ……。僕も役場の一職員として、アイデアを出さないといけないんだ」

水波のつぶやきに旺介は「じゃあ、ちょうどいいじゃないですか」と声を明るくする。

「瀬理町活性化の施策でいうと、瀬理町公式ＹｏｕＴｕｂｅの素敵な動画だって俺はもっと多くの人が見てくれたらいいのにって思うんですよ。でも役場としてのアピールより、水波さん個人の『瀬理町男子のおひとりさま田舎生活』にフィーチャーしたほうが人の気を惹くコンテンツがつくれるんじゃないかなって」

「……僕の？」

「そう、顔出しやだ？」

「やだ」

旺介は「いやか」と腕を組んで、何か思案する顔になった。

「バストから下だけが画面に入るようにしてるユーチューバーさんもいますし、顔を映さない工夫をすればいいから。瀬理町で暮らす独身男性のリアルなＶｌｏｇを撮るんです」

Ｖｌｏｇはビデオブログのことで、一時期大流行していた文章で綴るブログの動画版だ。

「水波さんが個人でチャンネルを開設して、ありのままの田舎生活の様子を発信することで、おのずと『瀬理町』っていう町に興味を持ってもらえると思うんですよね」

「そのＶｌｏｇをきっかけに、あわよくば移住者が増えるのを狙うってことだよね」

そんなうまくいくだろうか、と否定的な言葉が出そうになる。

「テレワークで地方移住を考えてる人が求めてるようなスローライフを撮るんです。ゆるくていいっていうか、逆にゆるいほうがいいんじゃないかな」

「……それ今思いついたこと言ってるだろ」

「はい。でも我ながらナイスプレゼンだと思います。水波さんは瀬理町活性化を狙ったＶｌｏｇが撮れるし、他町に出れば、ついでにそこの情報も得られるかもしれない。俺は身をもって瀬理町のこともいろんな町のことも知れる。何ごとも、始めなきゃ、始まりません」

「しかも遊びなのに無駄じゃない……っていいかも……」

旺介の言うとおり、物事はなんでもやってみないと始まらない。

旺介の思いつきで、水波の中に『瀬理町役場職員として』というちょうどいい大義名分ができてしまった。これからも旺介と気兼ねなく会えるのもうれしい。

「うん……いいね。やってみたい」

水波が快諾すると、旺介が「やった。決まり」と満足そうに笑った。


夕暮れ時になり、ふたりはキャンプの後処理をし、道具を片付けて車に乗り込んだ。

このまま駅まで旺介を送るつもりでいたけれど、ふと、近くだし家に寄ってもらってもいいのでは、と頭をよぎった。でも変に意識して、誘っていいのかなどと考えてしまう。

「さっきキャンプした場所の地主さんが町内にいるってことは、水波さんちってこの辺なんですか？」

「……うん。五分くらいのところ……」

「ええっ、行きたい」

水波がハードルの前でためらっていたところを、旺介は簡単に飛んでくるから、思わず笑った。

「僕もちょうど『寄ってく？』って言おうかなぁって考えてたところだった。水回りと台所だけリフォームした築五十年の木造建築でボロだからさ」

「そういうのが今は逆にしゃれてるんですよ。楽しみだな」

それからほどなくして家についた。日没を過ぎ、辺りがどんどん暗くなってくる時間帯だ。

水波は「どうぞ」と旺介を家の中に招いた。

玄関から入って板張りの廊下を抜けた先にダイニングキッチンがある。廊下を隔てて左に縁側でつながった和室が三間という造りだ。水波ひとりなので、二階は使っていない。

「すごくいいじゃないですか。エモい画像が撮れそう。和室も広い……これ八畳ですか？」

低い鴨居（かもい）に手をついて、旺介が和室を覗く。

「うん、この部屋がいちばん広い。それから六畳の部屋がふたつ。八畳ととなりの六畳を隔てるふすまを取っ払って一部屋にもできる仕様。いちばん奥の六畳を寝室として使ってる」

ひとりで過ごすことが多いのはダイニングキッチンと、そこから近い真ん中の六畳の和室だ。

「わっ……この天然木のダイニングテーブルいいですね」

「僕もなんか落ち着くから、そこに座ってること多い」

ダイニングのフローリングに、家族で使っていたテーブルを置いている。

「やっぱり、俺がさっき話したVlog、この家での暮らしを撮ったらいいと思いますよ。吊り下げのキッチンツール……この木べらもおたまも手づくりっぽい……」

「それは木工製品のワークショップでつくった」

水波が「焼き杉の鍋敷きと、木製のスプーンも」とけっこう上手にできたものなので自慢げに出して見せると、旺介はそれを手に取り、水波のその顔を見て、楽しそうに笑う。

「童話とか昔話に出てくるみたいな素朴な風合いがかわいいですね。こういうのを使ってるのがなんか水波さんらしいし、いいな。かわいい」

旺介はにっと笑って、「あ、縁側を見てもいいですか」とそちらへ目をやった。

最後の「かわいい」は何に対しての言葉だろうか。

一瞬胸が高鳴ったのをやり過ごし、水波は「どうぞ」と旺介を案内した。

六畳の和室の障子を開けて、続く縁側の掃き出しのガラス窓を開ける。

「あれが水波さんがつくったピザ釜？」

「うん。たぶんパンも焼けるんだろうけど、火加減が難しそうだからまだピザしか焼いてない。パンはオーブンで焼いたほうが確実においしい」

「あっ、やりましょうよ。手作りパンパーティー」

「ベーグルとかカンパーニュを自家製酵母から作るのおもしろそう」

水波の思いつきに、旺介が「おもしろそう」と同意して親指を立てる。

それから旺介は「いいですね、こんな縁側があるの」とそこに腰を下ろし、水波もそのとなりに並んだ。

陽が沈んで間もなく、星が光り始めた薄暗い空の下に山のシルエットがくっきりと浮かぶ。

「うち、ベランダはあるけど、座るとベランダの壁しか見えないし、高層マンションじゃないから立ったとしても夜景って景観じゃないんだよなぁ」

旺介は岐阜駅に近い、テレビ局から徒歩八分ほどのところにある単身者向けの賃貸マンションで暮らしている。歓楽街も徒歩圏内で、近くにはコンビニやスーパーがあった。

この縁側からは森の緑と山しか見えないが、不便な代わりに静かだ。

「あぁ……なんか落ち着く……。ここでごろごろしながら漫画本とか読みたい」

「寝転んでみれば？」

旺介は「やった」とさっそく涅槃図（ねはんず）のポーズで庭を眺める格好になった。

「この動くとみしって音が鳴るかんじの板張りと、夕暮れの眺め……いい」

旺介の頭が水波の太ももの近くにあって、思わず頭をなでたい衝動に駆られる。

――紛（まご）うことなき犬系男子だから？

友だちなら、頭をなでたりするのは普通だろうか。友だちでもしないだろうか。

彼の髪にふれてみたい、という衝動をこらえるのが難しい。

なでたいなと思うけれど、それはだめだよな、とひとりで葛藤(かっとう)しているときだった。家の敷地内で足音が聞こえた気がして水波が縁側から外へ顔を出すと、現れたのは久東だ。

「れっ……」

「水波の話し声がしたから……」

久東はそう言いながら進んできて、寝転んでいる旺介と目が合うと「え？」と驚いている。旺介のほうも「あっ」と声を上げて飛び起きた。

水波はうっかり久東を下の名前で呼びそうになり、ふたりとは別の意味で慌てる。

旺介は正座で久東に「こんばんは」と挨拶した。久東も驚いた表情のまま挨拶している。

「水波にお裾(すそ)分けをと思って。嫁の実家で作った蓮根(れんこん)のきんぴらと、蓮根餅(もち)」

久東が差し出してきた紙袋を水波は「ありがとう」と受け取った。

「え……ふたり、いつの間にこんなに仲良くなったんだ？」

久東は、水波と旺介を順に見て、不思議そうな顔をしている。

おひとり様生活を満喫している水波は、よほど仲のいい幼なじみならまだしも、つきあいが浅い知人を家に招いたことがない。久東にそういう話をしたことがあり、しかも旺介が縁側に寝転んでいたのだから、驚きもひとしおのようだ。

「わたしが平日の昼間に突然、瀬理町役場におじゃましてしまったとき……ですかね？」

久東は「あぁ」とあのときのことを思い出して笑った。

「瀬理町のことや県下の他の町のことも知りたいって、アナウンサーとして
ただ遊んでいるだけじゃないことを水波がフォローすると、久東は「それはありがたいです。

瀬理町のこともどんどんテレビで取り上げてください」とうれしそうに旺介に笑顔を向ける。

「水波の家に瀬理町民以外の人がいるのはじめて見たから、ちょっと驚いたけど」

「……そう言われれば、たしかにそうかも」

水波は今気付いたふりを装ったが、それを旺介に重く受けとめられたくなくて、話すのは憚（はばか）られていたのだ。でも旺介は水波の予想に反して、「じゃあ、地元の人以外では俺がはじめて？」とうれしそうにしている。

「まぁ、そもそも……こんな田舎に人が来ないし」

水波はもぞもぞと顔を俯けた。

「そうだ、持ってきた蓮根料理、階堂アナにもお裾分けしてあげるといいよ。水波ひとりだっていうのにたくさん詰めてたから」

水波が「蓮根好き？」と旺介に訊くと「好きです。わたしもいただいていいですか？」と久東にも笑顔を向けている。

「あ……じゃあ俺、お裾分けをいただいたら、電車の時間も気になるしそろそろ帰ろうかな」

「駅まで送ってくよ」

水波がお裾分けを準備しようと立ち上がると、久東が「それじゃ、俺はここで」と挨拶して去った。久東を礼儀正しく見送ったあと、旺介も台所へ一緒についてくる。

「久東町長も近くに住んでるんですか？」

「いや、今の家は車で十五分くらいのところだけど、奥さんの実家がこの辺だから」

旺介は「ふぅん、じゃあ幼なじみと結婚したってことですか？」と予想した。

「中学の同級生。久東町長が東京の大学から戻ってからの交際で、瀬理町役場に就職して二年目だったかな、結婚したの。初恋同士なんだって」

「へぇ……そんなドラマみたいな話、ほんとにあるんだ」

「ほんと、ドラマみたいだよね」

「で、水波さんは、ほんとは久東町長のことを下の名前で呼んでるんですか？」

旺介の分をパックに詰めている手がとまる。

胸にどっと刺さるような突然の質問に、答えをごまかすこともできない。

「あ……あぁ……気をつけてるんだけど。役場では仕事スイッチ入ってるから失敗したことないのに、ここ自分ちだから」

「ふーん」

じっと横から凝視される視線が痛くて、水波は「何」と硬い声を出した。

「ほんとは……『蓮（れん）』って呼び捨てだったり？　それとも『蓮さん』かな」

「さすがに呼び捨てはないよ。『蓮くん』ってむかしから呼んでた名残で、幼なじみで集まって飲むときなんかは癖が出るかな。あっちは僕のこと仕事中もプライベートでもずっと『水波』って呼ぶから、こういうタイミングで切り替えを忘れそうになる」

苦笑いしながら、自分が少し饒舌すぎやしないかと気になる。

「……久東町長って、水波さんのいくつ年上でしたっけ」

「四つ……だけど」

旺介が「四つか」とつぶやいたきり沈黙したので、水波は心がそわそわしてしまう。

――今日、キャンプのとき余計なことをしゃべっちゃったかも……。

旺介はさっきから、何か気にかかっていることがありそうな口ぶりだ。訊いちゃいけないのかな、と考えているような空気も感じるけれど、水波はそれをやり過ごす。

てきぱきとパックをラップで包み、紙袋に入れて、それを旺介に「はい」と渡した。

「急ごうか。電車を一本逃すと最悪だから」

久東も驚くほど仲良くなった友だちの旺介に、何も嘘はついていないけれど、隠していることはまだある。

□　5　□

「休みが合う日に一緒に遊んで回りませんか？」と旺介が言っていたが、最後に会った日から二週間が過ぎた。十二月に入って、仕事が忙しくなったようだ。

頻繁に会っていたから、ひとりの週末に一抹のさみしさを感じる。

水波は軒下に吊した干し柿を見上げた。婦人会の谷さんたちに教えてもらい、今年はじめて自分で仕込んでみたものだ。

——あと一、二週間で食べ頃かな。干し柿とクリームチーズで、白ワインが飲みたいな。

十二月は町議会で年四回の定例会が開かれる月で、条例の制定や改正、一般会計補正予算の審議、議案に対する質疑などが行われる。水波も一般質問の動画配信を行ったり、総務課の職員として様々な書面の作成に携わったりと慌ただしい毎日だ。

——次の週末で定例会は閉会だろうし、もうひとがんばりすればクリスマス、年末だ……。

今年は自分でおせち料理を作って、両親が現在暮らしている家に持っていく約束をした。両親の前で水波は料理をしたことがなかったから、作ったものを見せてびっくりさせたい。

十二月の定例会は予定どおり土曜日に無事に閉会した。

週明けの町役場内は、今年一年を締めくくる定例会の閉会にほっと安堵のムードも漂っているが、最後に町議員と町長がひともめしたことが話題になっている。

これまで据え置いてきた議員報酬の削減案に否定的な意見が多く、提案内容を説明した町長に一部の議員から「俺たちが納得できるような、瀬理町を活性化させる新しい改革案のひとつでも出してもらわないと」と野次めいた言葉が上がったのだ。

「俺たち職員の給料をカットしたくらいじゃ、タヌキたちは議員報酬の削減案には首を縦に振らないだろうな」

「『議員報酬が安いから若手が町議員になりたがらない。ひいては町の活性化につながらない』っていうタヌキの言い分もまぁ、一理ある」

瀬理町役場の若手職員たちが昼食時に話題にしているのは、瀬理町の誰もがよく知る町議会議員のひとり、『タヌキ』というあだ名で呼ばれている渡貫正史のことだ。名字の渡貫と年老いてずるがしこい男をさす『狸親爺』をかけて『タヌキ』。瀬理町議会のドンと呼ばれ、発言力があり、前町長は渡貫の操り人形と囁かれていたらしい。

水波は手弁当を食べながら、目の前で職員ふたりが話すのを聞いていた。ひとりはいつも何かと水波を助けてくれる行政担当の佐木田だ。

「やっとタヌキの言いなりじゃない町長が椅子に座ったから、瀬理町議会もついに変わるかと思ったけど」

「他の議員がみんなタヌキの言いなりだから、久東町長VSタヌキとその仲間たち、ってかたちになっちゃっただけ」

その対立構図は、久東が町長に就任した当初から続いている。田舎の町に不相応かつ採算の取れない箱物を次々と売却し、「今後無用な公共事業は行わない」と宣言したときからだ。

「たんに数で闘ったらタヌキが勝つのは目に見えてる。あんまり暴れて町長の不信任決議案なんて出されでもしてみろよ。最悪のシナリオでいくと失職だぞ。議員報酬を三倍くらいにして、久東町長側につく若手議員の数が増えれば形勢逆転するんだろうけど」

佐木田の無謀な暴論に、もうひとりが「どこから出るんだよ、その金」と笑っている。

「大好きな公共事業は減るわ、自分の功績と誇ってた箱物は民間企業に二束三文で売り飛ばされるわで、タヌキにとって久東町長は目の上のたんこぶでしかない。来年はもっと議会が紛糾するかもね」

佐木田の予想は、水波も懸念しているところだ。

渡貫は「町に人を呼び発展させるためには公共事業を行い、そこに地元の会社を使うことで大きな利益と雇用を生み、瀬理の活性化につなげる」という考え方で今までやってきている。

そのために渡貫は中央に顔の利く政治家と懇意にしており、国から多額の公共事業予算を投入できるよう働きかけてきたのだ。

談合が蔓延している現実も、「何が悪い。地元のためだ」「どこでもこれくらいのことはやってる」と憚らない。

たしかに一時期は地元の小さな建設会社や深い関係にあるゼネコン、その下請けや末端の孫請けまで潤っていたのだろう。それと同時に渡貫自身も密かに私腹を肥やして、政治家へ謝礼という名目の不正献金、選挙では根回しなども行っているとか、裏でつながっているというのがもっぱらの噂だ。

しかし町全体が持ちつ持たれつでここまで来たため、誰も渡貫を咎められずにいる。渡貫を叩けば、自分の首も絞めかねない。さわらぬタヌキに祟りなしだ。

「でももう『こんな小さな町にほかに何を建てる？　何を造る？』ってネタが切れてんだから、いつまでもタヌキがこねる公共事業だんごばっかり食って腹を満たすなんて無理でしょ」

佐木田の話のとおり、今や、公共事業という弾で瀬理町をどうにかできるわけはないのだ。それどころかこのままでは、いつか財政破綻の危機を迎えることになる。久東はそんな瀬理町の未来を危惧して、一刻も早くと、町長選挙に立った男だった。

水波と年齢が近い職員の多くは久東町長の考えに賛同し、彼の活躍を願っているが、上の年齢になってくると、「自分の定年退職まで穏便に過ごしたい」とか「親の会社も親戚たちも世話になったのは事実だし」と離れた位置から静観の構えの者が多い。瀬理町の年寄りは「あの人が瀬理と街をつなぐ道路をつくってくれた」というのが口癖だ。

「水波、久東町長はなんかいい改革案、出せそう？　タヌキが黙るようなやつ」

佐木田に話を振られて、水波は「うーん、どうだろうね」と返した。議会が閉会してまだ数日しか経っておらず、水波も久東とゆっくり話せてはいない。

過疎化に歯止めが利かない瀬理町を盛り立てるべく、久東が町長就任当初から『瀬理町創生総合戦略』を打ち出して進めてきたが、あれから二年が経過し、その効果も頭打ちの様相だ。

先の議会において町長が議員報酬の削減を提案したことで、渡貫はそこを突いてきた。

議員報酬の削減案については翌年の定例会へ持ち越しての継続審議となり、いちおうは閉会したが、「瀬理町を活性化させる新しい改革案のひとつでも出せ」という渡貫の反撃に、久東は今後どういう矛と盾で立ち向かうつもりなのか、水波も瀬理町民として、町役場職員として、そして彼の幼なじみとしても気がかりだ。

定例会のために休日を返上して働いた分、水波は業務に支障がなさそうな木曜日に休みを取った。

今週末はイブ、そしてクリスマスなので、取得した休暇日に小さくてもいいからツリーを飾るつもりでいたが、旺介から『突然ですが、木曜日に休みが取れそうなんです』『遊べますか』とメッセージが届いた。偶然休みが重なり、ようやく『休みが合う日に一緒に遊んで回る』が実現する。

水波がちょうど中間地点あたりの駅まで車で迎えに行き、旺介をピックアップした。

車に乗り込んできて「久しぶりですね」とうれしそうな旺介と目が合っただけで、水波はなんだかてれくさい気持ちになる。これまで旺介からは『久しぶりに五分間ニュースに出ます！』など近況報告のようなＬＩＮＥがくるだけだったのだ。

「毎回お迎えに来てもらって、すみません」

「いえいえ」

「会って早々にお伝えしたいんですが、俺、今度の日曜も休みなんですよね」

助手席に座ってすぐにそう報告され、水波は「日曜って……」と目をまばたかせた。

「はい、クリスマスですね」

「クリスマス……だね……」

鸚鵡返し（おうむがえし）する水波に、旺介がにっこりほほえむ。

「水波さん、どうせ暇ですよね」

「失礼だな。暇だよ」

「やったね。クリスマスパーティーしましょうよ」

どうやら冗談ではなさそうだ。水波は今年のクリスマスも普通にひとりで過ごすのだと思っていた。毎年そうだから、思い悩んだりさみしがったり焦ったりしない。

学生時代は水波も友だちと集まったりしていたこともあったが、今は誘われたとしても場所が市中心地や名古屋方面になるだろうから、たぶん行かない。

それに、もしひとりではなかった場合、クリスマスは恋人など親密な人と過ごすものだという、かなり乙女チックなイメージを水波は持っている。だからそんな特別な日を旺介とふたりきりで過ごすと、はっきりと特別な気持ちを抱いてしまいそうだ。

旺介の視線を頬に感じながら、水波は少し笑った。

「……階堂くん、こっちに僕以外に友だちいないの？」

「水波さんほどの気の置けない友だちはいないです」

それはちょっとうれしい、と思ってしまう。

「イブからクリスマスにかけてスパークリングワインや白ワインを開けるつもりだから、僕は車を運転できない」

「あっ、分かった。土曜の夜から俺が水波さんちにお泊まりすればいいんじゃないですか」

水波が一歩下がれば、それを回り込んで旺介が引きとめてくるみたいだ。

「二十五日は午後から仕事なんで。だいじょうぶです」

ずうずうしさがすごくて、水波はついに笑ってしまった。旺介は水波がいやがっているわけじゃないことなどお見通しだ。本当にひとりで過ごしたいなら、適当に「家族と過ごすから」と嘘をつけばいい。それなのに早々にも「暇だ」なんて撒き餌をして、旺介が食いつくのを待っているのだから、自分がいちばんずるいのだ。

実際、旺介に踏み込まれても、やっぱりいやな気持ちにはならなかった。

「……クリスマスイブの夜から、階堂くんが？　うちに来るの？」

「はい。あ、もちろんなんかおいしいもの持って行きます。イブは夕方まで仕事なんで、瀬理に来れるの十九時くらいかなぁ」

旺介はいっさいの曇りないまなざしで、にこにことしている。

水波はこのまだはっきりとは名付けていない気持ちをいったん脇に置いて、ただ友だちとしてクリスマスを楽しめばいいのだ。

「……うん、はい」

水波がシートベルトを確認するふりをしながら知らん顔でした返事に、旺介は「決まりですね！」と腕組みして満足げにうなずいた。

――ほんとに、本当に好きになったらどうしてくれるんだ。

できるだけ心を揺らさないように。友だちでいられるように――注意深く、正しく制御できるだろうか。でもこんなふうに抗わないと普通でいられないなら、それはもう恋ではないのか。

――好きになってしまうのを、どうやってとめたらいいのか分からない。

会わなければいいというような、そんな役に立たない正論はすでにききたくない気分だ。残念ながら、好きにならない方法などないし、心にブレーキをかけるなんて不可能だということも分かっている。

水波はあきらめにも似た気持ちを抱いたまま車を発進させた。

「あー……前会ったときに話してたＶｌｏｇ、撮ってみた、家で」

「えっ、もうチャンネル開設しました?」

「いや、まだ試しに撮ってみてるだけ。今、家の軒下で干し柿を作ってるからさ。まずは干し柿ができあがって食べるまでを短くまとめてみようかなって」

引きの構図で撮ったときに自分の顔が映らない画角を探すのに苦労したが、台所での料理の様子などは撮影のコツを摑んだ。ひとりだから独り言がふいに入るのもいいかもと思ったが、基本はフリー素材のＢＧＭに文字入れで動画を編集するつもりでいる。

「へ〜、いいじゃないですか。楽しみにしてるんで、動画ができたら見せてくださいね。季節毎にまとめて再生リストをつくれるくらいまでいくといいですよね」

今日もＶｌｏｇ用に何か撮れたらいいなと思い、ＧｏＰｒｏ持参だ。

「そういえば……はじめて見ました、瀬理町の今年最後の定例会のライブ配信」

旺介にそう報告されて、水波は「え、ほんと?」と驚いた。旺介くらいの若い人は町政にほど興味がないのが普通だが、彼はアナウンサーという仕事柄でもあるとはいえ、水波との関わりを持っているために見てくれたのだろう。

「『瀬理町を活性化させる新しい改革案のひとつでも出してもらわないと』って反駁してたのが渡貫議員ですよね。久東町長との対立の行方は、あの人が鍵を握ってるかんじですね」

　旺介の指摘に水波は苦い気持ちで「そうだな」とうなずいた。町議会のごたごたは身内の恥をさらすような気持ちにさせられる。

「町議会の過去の議事録を読んだり、報道の人に瀬理町についてちょっと教えてもらったりもしたんですけど、俺は町長の『公共事業に頼らない政策を念頭に推し進めたい』っていう考えが、瀬理町の未来をちゃんと見据えてるように思います」

「他の町議たちも、ほんとはそれを分かってる……んだと思う。でも長年、利権にまみれて、誰も簡単にはしがらみを断ち切れない」

　水波の言葉に、旺介は「難しい問題ですね」とうなずいて続けた。

「久東町長が就任するまで、ああやって闘う人がいなかったんですね。若い久東町長が長老みたいな議員たちを相手に渡り合うって、計り知れない勇気っていうか……生半可な気持ちではあの針の筵みたいな議場に立てないだろうな」

「役場の僕くらいの歳の職員たちも、同じ気持ちだよ。だからなんとかバックアップできることはないかって模索してるし、支えたいと思ってる」

「久東町長は瀬理町の今じゃなくて、未来を背負って闘ってる……すごい人ですね……」

旺介は感嘆と同時に、町政の難しさを知ったからか眉を寄せてため息をつく。

そのあとは、クリスマスは何を食べたいかという話をしながら、車を山手に向けて走らせた。

今日は瀬理町の端にある牧場で乳牛ソフトを食べ、バター作りを体験する、というプランだ。

ジャージー牛のほかに、ふれあうことができるヤギもいる。

遊びの中で、瀬理町の酪農の現状や物流の仕組みまで、牧場経営者との世間話の中で旺介が学ぼうとしているのは端から見て分かった。

この牧場は手絞りだけじゃなく機械を使っての搾乳もさせてくれる。

牛の乳頭を入れる搾乳機のユニットに、指を入れて搾乳される感覚を体験しているときの旺介の顔がおかしくて、水波はスマホでSNS用に動画撮影していたにもかかわらず、我慢できずに手ぶれしまくるほど笑った。

売店にはソフトクリームの他に乳製品が売られており、どれもおいしい。

「僕はミルクコーヒーのソフト」

牧場の景色を背景に、ソフトクリームを持ってGoProでVlog用の動画も撮影した。

旺介は定番の乳牛ソフトをチョイスしたが、水波が持っているミルクコーヒーのほうも気になるようで、最初のひと口を食べたところをじっと見つめてくる。

「え……何……」

「そっちもちょっと食べたい。俺のも食べていいですよ」

水波はもう何度も来ている牧場なので、人のものを貰ってまで乳牛ソフトを食べたいわけじゃない。

——か……間接キスになるだろ……なんて考えてるとか、言えないだけなんだよ。

分かれよ、と思うが、こんなときに限って旺介に通じない。

乙女から腹を抱えて笑われそうだと自分でも思う。水波が「そっちのはべつにいらない」ともごもごしているうちに、旺介がミルクコーヒーソフトを持つ手を摑んで、「じゃあ、いただきます」とクリーム部分に嚙みついた。

「あぁっ」

たしかに水波は「そっちのはべつにいらない」と言っただけ。だから旺介は、自分は食べてもいいと解釈したのだろう。

ソフトクリームの先端部分があっという間に旺介の口の中に消え、水波は「ええ～……」と手元の残りを見つめる。

「さ、三分の一……なくなった……」

「うま～。ミルクコーヒー、おいしいですね。また機会があったら俺もそれにしよう」

水波はソフトクリームを食べるテンションとは思えないほどどきどきしながら、手元に残った部分をじっと見つめてしまう。そのとき、旺介が「あ……」と何かに気付いた声を出したから、水波は思わず顔を上げた。

「今の、間接キスですね」

旺介に軽く言われた直後、水波はあからさまなくらいに瞠目してしまった。その途端、顔全体にいっぺんに血が集まってくるのが分かる。

火が点いた気がするほど耳も首も熱い。水波とちがい、旺介は『この程度の間接キスは友だち同士でも普通にあること』と思っているテンションだった。実際、普通にあることだろうし、意識しまくっているこちらがおかしいのは分かっている。

「水波さん……え……？」

水波が赤くなって動揺したため、旺介がうろたえている。

気付けよとは思っていたが、本当に気付かれてしまったらそれはそれでたまらない。

「ふ、普段から、人が食べたところを食べたりしないから！」

もう口から出任せだったが、赤くなったことに対する適当な理由に、旺介は「えっ、そ、そうなの？」と驚きつつも納得してくれたようだ。

「水波さんに『そっちのはいらない』って言われたから俺は食べていいんだって思っちゃいました！　すみません。え、どうしよう、スプーンで上のほうだけこそぎ取るとか……だと、ほとんどなくなっちゃうかな」

「いやあの、き、汚いとか思ってるわけじゃないから、食べるよ、食べる。階堂くんが買ってくれたし」

見れば旺介まで赤くなっている。ふたりでしどろもどろになりながら、水波はとにかくいそいで残っていたソフトクリームをはぐっと食べた。


ぜったいあれのせいだ——と水波はベッドの中に潜り込んだ。

あれとは、きのうの旺介との間接キスのことだ。

来週には二十八にもなろうという男が、たかが間接キスくらいでと嗤われる。

旺介との牧場体験はとにかく楽しかった。ヤギをなでたり、エサをあげたりする旺介の様子もスマホで撮ったので、寝る前に撮りためた動画を眺め、ひとりで思い出し笑いをして……という具合に、朝から寝る寸前まで頭の中が旺介でいっぱいだった。そんな状態でスマホを持ったまま寝落ちして、夢を見てしまったのだ。

これ食べたら間接キスだ、と水波がソフトクリームを見ていたら、旺介からキスをされる夢。

少女漫画原作のドラマでもあるのか分からないくらいの乙女なシチュエーションなのに、水波は夢から目覚めてしばらく経っても、まだ心臓の高鳴りがやまない。

窓の外は暗い。そっとスマホをたぐり寄せると、アラームより一時間も早い午前五時半だ。

「……はぁ……」

大きなため息が出た。

こんな中途半端な時間に目が覚めてしまったことも、どうやら引き返せないくらいのところまで、自分の気持ちが育ってしまっていることも。

こうなりそうなのが本当は分かっていて、旺介と会った。きのうも、その前だって。

夢の中のキスが幸せで、思い出すだけで胸がぎゅっとなる。

――あぁ……僕は……彼のことが好きなんだ。

とうとう観念して、はっきりと胸で言葉にする。

堰(せ)きとめていた杭(くい)を抜いて想いを認めてしまうと、全身に血が通いだし、水があふれ出すような抗えない劣情をはっきりと自覚した。

夢では軽くふれあわせるだけのキスだったのに、自分の欲で旺介からくちびるを優しく食(は)まれるのを想像し、水波はふとんの中で身体を丸めた。

腰の辺りが熱い。膝をこすり合わせてもぞもぞと悶(もだ)える。

水波は下肢に手を伸ばした。指先でふれただけで、前の膨らみがびくびくと震える。

朝の生理現象だけでこうなっているわけじゃないことは、自分がいちばんよく分かっていた。

望むことを、妄想なら簡単に実現できる。他人をいやな気持ちにさせることもない。

旺介がくちびるを合わせる角度を深くしながら、水波の熱く膨らんだペニスを揉(も)みしだき、「水波さん」と甘く呼んでくれる――自分が望むとおりの行為に身を投じる。

今までしたどんな自慰より気持ちよくて、どうせ何ひとつかなわないことが少し悲しかった。

欲にまみれた夢を見た翌日、旺介と約束したクリスマスイブの夜になった。

旺介がケーキを買ってくるというのでお任せして、水波はワインやカクテルのつまみになりそうなオードブルとフライドチキン、庭のピザ釜で焼くためのピザを準備しつつ、その様子をVlog用に撮影した。あとは正月のおせち料理作りや、近所の餅つきに参加するので、動画を二本か三本つくれたらチャンネル開設しようと考えている。

いつものように中間地点の駅まで旺介を迎えに行く予定で、もうそろそろかなとスマホを覗いたタイミングでLINEメッセージが届いた。

『すみません、今日行けそうにないです』

旺介からだ。驚きと戸惑いで言葉を失っていると、ふたつめのメッセージが届く。

『今、病院で』

「病院っ？」

ひとりなのに声を上げてしまった。

慌てて返信を打ち込む。

『病院って誰が？　階堂くんが？』

誰かに付き添っているのか、本人に何かあったのか。こうしてLINEでメッセージを送れるくらいだから、旺介自身にたいへんなことがおこったわけじゃないことを祈ってしまう。

『俺です。ただの急性胃炎です。痛みどめの注射を打たれてベッドに横になってますけど、たいしたことありません』

いくら「たいしたことない」と言われても、その文字と実情をごまかすようなスタンプだけじゃ安心できなくて、こちらが落ち着かない。

『病院、どこ?』

水波は出掛けるためのバッグと車のキーを掴み、旺介からの返事を待たずに家を飛び出した。

事故に遭ったとか、入院しなきゃならないとか、そこまでの悪い報せではなかったことに安(あん)堵(ど)はしたが、とても「じゃあ、お大事に」と放っておけない。

旺介は独り暮らしだし、今日もし入院しなくてよくても、ひとりの部屋に帰らなければならないのだ。身体が弱ると、おとなだろうと心細くなる。べつに水波が駆けつけたところで治療ができるわけでもないし、癒(い)やせるわけもないが、誰か傍(そば)にいるだけで安心するかもしれない。

――ひとりでゆっくりしたほうがよさそうかは、会ってから考えればいいや。

様子が分かれば、水波も安心して帰宅できる。

車に乗ったところで、旺介から返事が届いた。病院名と『でも、だいじょうぶですよ』と情けなく耳を垂らした犬がぽろりと涙を流す絵文字にちょっと和む。ここにも『だいじょうぶ』と書かれてあるが、犬の表情のほうが旺介の心情を表していることは伝わった。

『もう家を出た。一時間で行く』

メッセージを送信し、スマホはバッグに押し込んで、水波は車のエンジンをかけた。カーナビに目的地を設定し、所要時間の表示もナビの開始も待たずに車を発進させる。

今日会う約束があったからよかった。約束がなかったら、旺介は連絡をしてこなかったかもしれない。

運転しながら、ついいろいろと考える。

木曜日に牧場へ行ったときは元気そうだったが、その前日まで忙しそうだったから疲れがたまっていたのかもしれない。今さらだが、自宅でゆっくりさせてもよかったな、と考える。

それに、急性胃炎の原因が問題だ。ストレスや食生活の乱れが原因なら、対処をすれば症状は緩和するし、いずれ回復する。他のもっと重い病気じゃなければいい。

瀬理町から市内の総合病院へ直行し、水波が着いたとき旺介は会計と薬の処方待ちで、長椅子に座っていた。

旺介は水波を見つけると、飼い主を見つけた犬のような目をする。でもそのあとの笑顔にいつもの元気がない。水波は旺介のとなりに腰掛けた。

「だいじょうぶ?」

「薬が効いて、今はほとんど痛くないです。それより、今日は約束してたのにすみません……」

「いや、いいよ、謝らなくて。それより急性胃炎って、相当痛かったの？　原因は？」

水波の質問に、旺介は「ストレスと疲れ？　あと、食生活を見直すようにって言われました」とその原因について説明した。

痛みがあったものの最後の仕事をやりきり、その足でテレビ局の人に病院まで連れてきてもらったらしい。

よく考えたら、こういう場合テレビ局の人が付き添ってくれるだろうから、水波が飛んでこなくてもよかったのかもしれない。

「最後、動けなくなるくらい痛くて。胃痙攣（いけいれん）かな。脂汗だらだらで」

「牧場に行ったときも、ほんとはあんまり体調がよくなかったとか……？」

「んー、朝から胃が痛いなと思って、胃薬飲みましたけど……」

水波は半眼で「そんなときにアイス食べたのかよ」とちょっと怒った顔をした。

「ときどき胃の調子が悪いことってあるから、いつものかんじかなって」

「胃が痛いっていうのがよくあることなら、ちゃんと検査してもらったほうがよくない？」

「はい、念のための週明けに胃カメラで診てもらうことにしました」

「それ、また結果おしえて」

旺介は神妙な顔で「はい」とうなずく。

でも旺介と会って話したら、水波もようやく安心できた。

「とりあえず、おおごとじゃなくてよかったよ。ほっとした」

椅子にもたれかかって息をつくと、旺介がじっと見つめてくるのが分かる。

今さら、やっぱり連絡を貰ってすぐに飛んでくるなんてちょっと大げさだっただろうか、と自分の取った行動にそわそわした気持ちになる。

――今日、会う約束してたし、そこまで変なことじゃないよな……？

そっととなりに目をやると、旺介が目を大きくして、ぎこちなく笑った。

――え……それ、どういう表情？　どういう反応？

瀬理町から車で一時間の距離を駆けつけるのは、友だちの域を超えているだろうか。

旺介から病院にいると連絡が来て、後先のことを考えられなかった。

感情だけで突っ走って、旺介に引かれてはいないかと、どきどきする。

「あの……水波さん」

「……ん？」

怖々(こわごわ)とした心地で、ほとんど目線だけを旺介に向けるという、おかしな態度になってしまう。

「ありがとうございます。じつをいうと、水波さんが来てくれたらいいなって甘えたこと思ってた。水波さんが来てくれるって分かってから、なんかほっとして、はじめて来た病院のベッドで、俺さっきまで爆睡してました」

旺介の言葉にほっとするのと同時にうれしくなる。病院で爆睡なんて旺介らしくて、水波は気が抜けたように笑った。

「でも、それってそもそも寝不足ってことじゃないの」

「ちょっと疲れがたまってたのはあるかな。あ、でも木曜に水波さんと遊んだのは、俺にとってはだいじな息抜きだったんで」

「息抜きはできただろうけど、疲れは抜けなかったんだと思うよ。あの日も、僕がこっちまで車で送ればよかった。そういうときこそいつもの調子で厚かましく甘えればいいだろ」

旺介は「優しくディスられてる」と言いながらうれしそうだ。

旺介の視線が、知らん顔のふりをする水波の頰に当たる。

「……なんだよ」

あんまり見つめてくるからばつが悪くなって、水波は低い声を出した。

「水波さんの『甘えればいいだろ』がなんか胸にきゅんと刺さって」

胸を押さえてわざとらしい表情を浮かべる旺介に、水波は「人をからかえるくらいの元気が戻ってよかったな」と受け流す。

受付で支払いをすませ、薬を受け取って、旺介のマンションまで送ることにした。

病院を出る頃には外はもう真っ暗で、クリスマスツリーの電飾がピカピカと点滅している。

「イブなのに……病院に駆け込むことになるとは、です」

「今日は雑炊とか、胃に優しいものを食べたほうがいいだろうな」

車に乗り込み、シートベルトを締めると、旺介がこちらに身体を向けて「あの……」とあらたまった口調で話しかけてきた。

「今日、水波さん、クリスマスの料理を準備して待っててくれたんですよね……」

「え……あぁ、いいよべつに、そんなことは。たいしたもの作ってないし」

料理のことなんかすっかり忘れていた。旺介のことのほうが心配だった。

「ううん……。俺もケーキ、予約してたんです。あ、ケーキを取りにいかないと」

「店？　どこ？」

「で、ケーキを取りに行きたいっていう話じゃなくて、俺、今日、楽しみにしてたから……」

旺介が珍しくしょぼんとしている。一緒に過ごすことを楽しみにしてたなんて言われて、こちらとしてもうれしくないわけがない。

水波は胸がかっと熱くなり、目をまばたかせた。好きな男のことがたまらなくかわいく映る。

「だから、よかったら今からうちに来ませんか？」

旺介に誘われて、水波は「え？」と声がひっくり返った。こんなふうに引きとめられると思っていなかったから、今の状況をそっちのけで浮かれてしまう。

「あ、あの、俺ほんとに、意外と元気なんで」

「元気ではないだろ」

「ケーキくらい、俺もひと口だったら。水波さんと食べたい。食べてほしい」

どうしてもクリスマスらしいことをしたい旺介が、それで少しは満たされるならかまわない。

水波はとなりの旺介を見つめた。旺介は水波の返事をおとなしくお座りポーズで待っている。

「……たまご雑炊、作ってやろうか？」

「えっ、あ、はい」

ぱっと表情を明るくして声を弾ませる旺介に、水波は肩を揺らして笑った。


クリスマスケーキを引き取って、旺介のマンションにおじゃました。

リビングダイニングともうひと部屋を仕切る蛇腹式のパネル扉を開けると、ワンルームとして使える仕様だから、独り暮らしには充分の広さだ。急に来たのに片付いていて、キッチンなんてぜんぜん使っていないのかというくらいにすっきりしている。

水波の家の内装とは真逆の、スタイリッシュなグレーの壁紙にウォールナットのローテーブルや小物棚が置かれ、若い男性の独り暮らしらしい部屋だ。ローテーブルにはノートパソコンと、調べものでもしていたのかノートが広げてある。

全体的に根がまじめな旺介らしい部屋のように感じた。

旺介がノートパソコンを片付けている。そこは食事などもする場所なのだろう。

水波はキッチンでケーキの箱を開けて中を覗いた。

「このケーキは食べなきゃもったいないな、たしかに」

「でしょ。あ、もう、水波さん、うちに泊まってけばいいんじゃないですかね。そしたら飲めますし」

「いやいや、病人を前にしてひとりで飲む気にはならないよ。階堂くんが元気になってから、また機会をつくればいいし」

とにかくゆっくりしてて、と旺介をリビングのソファーに追いやって、水波は約束のとおりたまご雑炊を作ることにした。たまごがないと言っていたので、マンションの傍のスーパーで鶏ガラスープの素などを買ってきたが、冷蔵庫の中にほとんど食材が入っていない。

「階堂くん、自炊しないんだよね？」

「しないですね。でも白米は昨日炊いたやつです。いつも夜はおかずだけ買ってきて食べるってかんじで」

「外食や惣菜（そうざい）ばっかだと、胃によくないかもね。脂っこいのとか味が濃いのが多いから」

旺介がもぞもぞとこちらへ近付いてくる。

「簡単に作れて、たっぷり栄養がとれる的な、俺でも作れる料理……ありますかね。鍋にぶち込んだらできあがるみたいなやつ」

「週一くらいは無加水鍋で野菜スープ作って、それ食べるとか」

旺介は「むかすいなべ……」とスマホで検索している。

「トマト缶入れて、キャベツ、たまねぎ、にんじんなんかを適当に切ってぶち込んで、コンソメキューブ入れとけばあとは無加水鍋がなんとかしてくれる。ベーコンを足してもいい。ごはん入れたらリゾットになる。ドライバジルがあれば味に変化もつく」

料理をしないタイプは、たまねぎをみじん切りにしたりにんじんを細かく切るというのはハードルが爆上がりなはずだ。その点、無加水鍋のスープは手間をかけずに栄養がとれる。

「一回作れば二、三日は保つよ。ほったらかし料理としては最強だと思う」

「うん……無加水鍋、買おう。で、最初は水波さんが作ってみせてください」

にこにことしてナチュラルに、この部屋への再訪を誘われている。

水波はたまご雑炊に目線を戻した。次があることを示唆されて、それだけのことなのにばかみたいに浮かれてしまいそうだ。

「……それか、料理上手な彼女でもつくることじゃない？」

心にもないことを口に出して、水波は目線を上げて旺介のほうを見た。

うれしさと怖さ、幸せと不幸せは、水波の中で表裏一体だ。旺介は恋愛感情で水波を誘うわけじゃないことを自分に分からせないと、変なかんちがいをして心が調子にのってしまう。

旺介は喜怒哀楽が分からない表情で、だけど目を丸くしているから、水波の言葉に驚いていることは伝わった。

「……彼女？」

「普通そうじゃない？　あの冷蔵庫の中を見たら親も心配する。親は自分の息子にかけた愛情と同じくらいに、息子をたいせつに愛してくれる彼女ができることを望んでるもんだよ」

一般論としては正しい話を、自分のことを棚に上げて説く。

旺介は眸（ひとみ）を揺らし、やがて伏し目がちにした。

普通の人にとって真っ当な話のはずなのに、旺介が傷ついているように見える。

旺介はしばらく黙っていたものの、納得いかなげな表情で「……ん……」と唸（うな）った。

「その理論だと、自分でちゃんとしてたら、彼女いらないってことになっちゃいますね」

拗（す）ねた口調で返されたので、もしかすると「彼女もいないんなら、ひとりでちゃんとやれ」と説教されていると思っているのだろうか。

「……まぁ、自分ひとりで生きていける人も世の中にはいっぱいいるからね。僕みたいに」

なんだか、だんだん卑屈でいじわるな言葉になっている気がして、内心で「どうしよう」と焦る。一方、旺介はそんな水波をじっと見つめたまま、ずっと変な表情のままだ。

「今日ここに駆けつけたことも、料理を教えに来るのも僕はべつにいいんだけどさ」

ここまで来ることを面倒に思っているとは旺介に誤解されたくない。それだけは伝えなければ、という気持ちで早口になった。

旺介の沈黙が長い。自分からしかけておいて、旺介の反応が怖くてまともに正視できない。

「うん……とりあえず今日明日中に彼女ができるわけもないから、自分の身体のために、食生た心地だ。

活の改善を試みます」

この微妙な空気を断ち切るように旺介が明るい表情と声でそう答えてくれて、水波は救われた心地だ。

今日明日中に旺介に彼女ができなくても、いつかはそういう日が来るのだろうが、水波はその事実からはひとまず目を逸らした。

「そうしたほうがいいよ。前に、僕が東京にいた頃に一週間ほど入院した話をしたけど、あれ、胃潰瘍だったから」

「あ……そうだったんですね……」

「ストレスと食生活の乱れで負のスパイラル。階堂くんはそんなことになる前に」

たまご雑炊ができあがり、神妙な顔をしている旺介に「できたよ」と掲げて見せる。

旺介は「じゃあ、ケーキも出しましょう」とにこりと笑った。

ソファー前のローテーブルは、たまご雑炊とクリスマスケーキが並ぶ異空間となっている。

水波も空腹なので、たまご雑炊を一緒に食べることにした。「メリークリスマス」と健康茶で乾杯して、テレビから流れるクリスマスソングをBGMにする。

「あぁ……おいしい〜。水波さんの優しさの味がするぅ……」

雑炊をひと口食べた旺介が泣きそうな顔で喜ぶので、水波は「よかった」と笑った。

水波も雑炊を取り皿一杯分だけ食べて、チョコレートのデコレーションが美しいケーキに手を伸ばした。

「じゃあ、お先に。おいしそ。いただきます」

外側のコーティングもスポンジも幾重にも重ねられた層もすべて、濃淡のあるチョコレートだ。金粉があしらわれた生チョコがごろごろとのって、そこを食べるといっそう濃厚な味わいになる。

旺介がじっと水波の口元を見て感想を待っているので、「チョコレートが濃厚で、中のヘーゼルナッツのクリームもおいしい」とコメントした。

「でも急性胃炎の人が食べるのはやっぱり無理じゃないかな」

「ひと口だけ」

驚いた。旺介が口を開けて待っている。たしかに旺介の分のケーキ皿やフォークは用意していない。

ここで躊躇（ちゅうちょ）しているほうがよけい恥ずかしくなる、と即座に覚悟を決めて、水波は自分のフォークで生チョコがのっていない辺りを取り、旺介の口に入れてやった。

「んーっ……うまっ」

「チョコは刺激物だから、今日はそれでおしまいね。ケーキはあしたも食べられるだろうし」

水波の頭の中を「間接キス二回目だ」という言葉がよぎりつつ、残りのケーキを食べ進めていく。

ふと気付けば、旺介がまだ水波の口元を見ている気がした。「食べたくても階堂くんは今日はがまん」と諭すと、旺介ははっとまばたいて「あ……いや……」と少し気まずそうだ。

「水波さん、くちびるのところに小さなほくろがあるんですね」

「……あぁ、これ、子どもの頃から『黒ごまついてるぞ』とか『はなくそついてるぞ』ってからかわれてた。僕、ほくろがけっこう多いんだよね……この辺とか」

そう言ってスウェットパーカの襟元を指で引っ張って見せると、旺介が一瞬びっくりした顔をしたので、水波は胸元を整えて続けた。

「首と肩と鎖骨にも。胸もごま塩を振ったみたいって言われる」

水波が笑うと、旺介も「ごま塩」とつられて笑う。

なんとなく会話が途切れ、ふたりともテレビを見ながら、水波はケーキを、旺介はたまご雑炊を食べた。

「俺、来週、誕生日なんです」

旺介が食べ終わったタイミングでぽつんと告げられて、水波は「えっ」と声を上げる。

「あ、僕も来週、誕生日。階堂くんはいつ？」

「二十八日」

「僕は二十六日。誕生日近いね。僕はクリスマスとごっちゃにされがち」

ふたりとも二日違いの誕生日に驚いた。

すると旺介が「リベンジがしたいな」と肘（ひじ）をついて独り言のふりをする。

「今日、本当は水波さんちにお泊まりの予定だったし、どさくさで誕生日をお祝いしてもらおうと思ってたんですけど……なんと水波さんのほうが俺より誕生日が早かった」

旺介は「会うついでに水波さんに祝ってもらおうなんてずるいこと考えたから、今日は罰が当たったんです、きっと」とテーブルに顔を突っ伏して「神様ごめんなさい」と反省している。

「いや、祝ってもらいたいって思ったって、べつにいいじゃない。お互い誕生日が平日だね。僕はその二十八日が仕事納め」

「俺は三十日が仕事納め」

「三十日はご近所さんちで餅つき、大晦日（おおみそか）におせちを作る予定なんだけど……」

旺介の目がきらんと光った。しまいには「この際もう俺の誕生日だとかはどうでもいいです」と言い出した。その捨て身の言葉に、水波も笑ってしまう。

「三十日……うちに泊まりに来る？　その代わり、大晦日はおせち料理を作るのを朝から手伝ってもらうけど」

「行きます！　俺が手伝えそうなことをご指示いただければ」

「おせちを作って、両親の家に持って行くつもりなんだ。階堂くんは実家に帰らないの？」

「俺も大晦日に帰る予定です。じゃあ、それまでに体調を整えておきますね！」

べつにその日だってアルコールを飲まなきゃ始まらないわけじゃないし、泊まりに来てもらう分にはかまわない。

「つきたてのおもち、おいしいよ」

旺介は目を見開いて「楽しみです！」と笑顔を弾けさせた。


水波の誕生日に旺介から『ＨＡＰＰＹ　ＢＩＲＴＨＤＡＹ！』と、精密検査の結果を知らせるメッセージが届いた。『とくに何か悪い病気はなかったですが、小さな潰瘍が治った痕があるって言われたので食生活もちゃんとします』と書かれてある。

――アナウンサーだし、僕みたいな公務員にはない苦労もあるんだろうな……。

プライベートであってもいつも人の目を気にしていないといけないなんて、それだけでも相当きついはずだ。

旺介はああ見えてまじめなので、たとえストレスがたまっていても、水波にあまりそういう表情を見せなかっただけ、というのは検査の結果からも想像できる。

旺介の誕生日に、水波もメッセージを送った。会ったときに渡せるようにプレゼントもこっそり準備している。

町役場は仕事納めの日を迎えた。定例会が閉会した翌週に、久東町長から今年最後の『瀬理町活性化のアイデア』を提出してほしいと職員全員に通達があり、今日はその締め切り日となっている。

前町長時代も同じ通達はあったそうだし、これまでも年に数回は町民を本庁に招いて意見交換等も行ってきた。久東が町長に就任してからも、良案についてはあらかた実行済み。もうネタ切れだとみんな思っている状態で、一本出すのが精いっぱいの職員ばかりだ。

「水波、活性化のアイデア提出した？」

水波の前のデスクに座る佐木田から「今日締め切りなのに何も思い浮かばない」としかめっ面で話しかけられた。

「もう出したよ」

「まじかよ。悪いアイデアしか出ねぇわ。アニメ製作会社と結託して瀬理町を舞台にしたアニメを製作してもらうとか」

「あぁ……聖地巡礼を狙って？」

「そうそう。経済効果が二、三年は続くからさ。そのアニメがヒットすればの話だけど」

水波が「億超えの経済効果があるっていうしね」とうなずき、「でも……」と続けた。

「営業をかけるのはいいんじゃないかな。ロケ地として誘致、支援しますよってかんじで映画の撮影に町全体が協力して、結果成功したっていう記事を見たことあるし」

「つまり『アニメの舞台にいかがでしょう』ってこっちから営業するわけか。おお……さすが広報担当。そのアイデア、パクっていい？」

「そもそも僕のアイデアじゃないし」

水波が笑うと、佐木田は「よし、いただく」と親指を立てた。

職員同士のこういう他愛ない会話で、本当にいいアイデアが出ることはある。

水波は旺介に提案された『個人のＶｌｏｇ』についてまとめた。現行の公式チャンネルは瀬理町の景色や出来事をたんたんと伝えるもので、注目を浴びるコンテンツになっていない。そこで、再生回数を稼ぐことを目的とした個人のＶｌｏｇを撮り、『結果的に瀬理町に注目してもらい、移住者増加につなげたい』という狙いを持って編集、配信するもの、とした。

実際に個人チャンネルを開設する準備に入っているし、総務課の広報担当としてできることをやってみるつもりだ。

職員全員で庁舎を大掃除して、仕事納めの会となった。

町長が一階フロアに集まった職員に向けて、一年の総括と、『瀬理町活性化のアイデア』の提出についてお礼の言葉があり、みんなで乾杯する。サンドイッチやおにぎりなどの軽食を水波たち総務課が職員らに配ってまわってひと息ついたところで、久東から声をかけられた。

「『瀬理町活性化のアイデア』に書かれてた水波のＶｌｏｇ、いつ頃見られるの？」

「あー……いちおう、大晦日まで撮って、編集して、アップできるのは年明けかなって」

久東は「そうか」とうなずいて、「ありがとう」と水波にほほえむ。

「まだ公開もしてないんだから、お礼を言ってもらうのは早いよ」

「いや、水波の行動力を尊敬するし、その思いに感謝しかないよ。瀬理町で暮らす独身男性の生活をありのままに撮って、それを垣間見れる動画……俺も一視聴者として楽しみだ」

「僕が自主的にっていうより、階堂アナに勧められたんだ。うまく行くかは分からないけど、個人のチャンネルだから、ゆるい動画をゆるい気持ちでやってみようかなと思ってる」

ひとりでは思いつかなかったし、「楽しみ」と言ってくれる人が傍にいたからだ。

「あぁ、『瀬理町公式ＹｏｕＴｕｂｅを観てくれた方からの言葉で』って書かれてたの、あれ、階堂アナのことだったのか」

提出した書面には具体的な名前を出さなかったが、聞かれたら答えるつもりだった。

「なんか水波、階堂くんと仲良くなって、ちょっと変わった？」

「え？　そ……う、かな」

「水波ってむかしから控えめすぎるところがあるだろ。いいのかな、だめじゃないかな、目立ちすぎてないかなっていつも気を配ってる」

久東に言い当てられ、水波は苦笑いした。誰かのうしろからついて行けば安全だと思っているところがあったし、おとなになっても人の目は気になる。本音を話せず、その場に合わせて笑顔をつくって、『普通』に見えるように生きてきた。

つきあいが長い幼なじみだから、水波がなんに対しても誰に対しても遠慮しているのが、久東には伝わっていたのだろう。

「優しすぎるんだよ。もっと自分の気持ちで動いていい。みんな周りに大なり小なり迷惑かけて生きてるんだ。水波がたとえちょっと失敗したところで、失敗のうちに入らない」

「それは……『そうだね』って返していいのか分からない」

水波が笑うと、久東は「水波は言っていいよ」と去り際に肩を叩かれた。

水波は久東のうしろ姿を目で追い、ふっとほほえんだ。

久東が町議会において今苦しい立場にあることは知っている。だから今こそ、自分の心と身体がぼろぼろだったときに手を差し伸べて助けてくれた彼のために、瀬理町のために、何かできることを見つけたいし、できることをやりたいのだ。

三十日の午後から行われた町内の餅つきに参加し、水波もつきたての餅を並べた白木の番重を抱えて帰宅した。

今日は旺介が泊まりに来るので、その準備と、おせち料理の下準備もある。そういう日々の生活を撮ったＶｌｏｇ用の動画がどんどんたまっていく。編集がたいへんそうだ。

それから、いつもの駅まで旺介を迎えに行き、帰宅した頃にはすっかり辺りが暗くなっていた。落ち着く間もなく庭のピザ釜に火を入れる。

ピザを焼く様子を、旺介がＧｏＰｒｏで撮ってくれることになった。

「アシスタントがいるとすごくラク……！」

公式チャンネルとちがい、自分が動画の主体なのに身バレしないように撮るのはけっこうたいへんだ。いつもひとりで画角チェック、撮影、移動を繰り返しているので、自分に合わせてカメラが動いてくれると手間が半分ほどになる。

「水波さーん」

縁側に腰掛けたカメラマンの旺介が手を振るので、水波も振り向いて軽く手を上げた。ピザ釜に近付くときは頭にほっかむりしてマスクをつけているため、顔半分が隠れている。

庭の生垣にはクリスマスにそうするつもりだったイルミネーションライトを飾っておいた。

旺介もピザ釜の中でチーズがぐつぐつしているピザを覗き込み、「おお〜」とテンションを上げる。つきたての餅を小さく切ってトッピングに使い、一枚は『もち明太ピザ』だ。

「階堂くん、胃の調子はどう？」

「いいですよ。でも、カレーとか香辛料がきついものはしばらく控えるようにって。お酒はほどほどならOKって先生に言われました」

「リキュールで薄めにつくることにして、ワインなんかはやめといたほうがいいね」

「水波さんはワインでもなんでも好きなだけ飲んでくださいね。後片付け、俺がぜんぶやりますんで」

作るのと同じくらい手間がかかる後片付けを丸投げしていいのはありがたい。

そういうわけで年末押し迫る三十日に、クリスマスパーティーのリベンジとあいなった。

六畳の和室に置いたテーブルを囲み、メリークリスマスとお互いの誕生日をぜんぶひっくるめて乾杯する。

まずは焼きたてのピザにふたりとも嚙みついた。

「もち明太うまいなぁ。こっちのウインナーとサラミがのってるやつも食べたい」

「どうぞ、好きなだけ食べて。フライドチキンも再現レシピ見て作った」

味が濃いものばかりでお酒がすすむ。旺介のほうはカンパリをオレンジジュースでだいぶ薄めに作ったカクテルだ。

「これ、水波さんが作った干し柿ですね。クリームチーズが中に入ってんの、おいしい」

ひとまず空腹が満たされたところで、水波は瀬理町の木材を使って工芸品をつくっている工房で購入した、スマホ用のウッドスピーカーを旺介にプレゼントした。

「おぉ、かっこいい。これ、電源いらないやつですよね」

「うん。瀬理のヤマザクラの木でつくられてて、充電しながら使えるデザインになってる。二十デシベル以上は増幅するらしいよ」

旺介はさっそく自分のスマホをウッドスピーカーにさし込み、音の広がりに「おお」と感激して「ありがとうございます。部屋で使いますね」と笑みを浮かべた。

旺介も水波にプレゼントを準備してくれていた。クリスマスと誕生日のふたつだ。

「え、僕は一個しか準備してないのに」

「水波さん、クリスマスと誕生日をごっちゃにされがちって言ってたから。俺はどっちもあげたくて」

些細(ささい)なひと言をちゃんと拾ってくれるところは相変わらずだ。

――こんなこと言われて、されて、好きにならないやついる？

クリスマスプレゼントは、まさかのうさぎのぬいぐるみで、水波は両手で抱えて震えた。生後半年のあかちゃんくらいの大きさだ。やわらかな生地でさわり心地はとてもいいが。

「二十八歳のアラサー男子に……なんか瞳孔開き気味のうさぎ……！」

うさぎのぬいぐるみといえば、ふわふわでおめめきゅるんみたいな、夢かわいい系を思い浮かべる。しかし水波の手の中にあるのは、シュールな表情のピンクのうさぎだ。

「このうさぎ、ぜんぶおかしくないですか？　色がサーモンピンクなのは許容範囲内として、どこ見てるか分からない空洞みたいな目だし、足がびょーんと伸縮するんですよ」

「こわいこわいこわい！」

足が伸びると、だらんと垂れていた耳が短くなるので、本体内でつながっているのだろう。

「プレゼントにぬいぐるみを買うつもりはなかったんですけど。店でたまたま目があって、なんかもう『これを水波さんに買わなきゃいけないー』って、吸い寄せられるように……」

そのときの状況を身振り手振りとうつろな眸で再現する旺介がおかしくて、水波は笑った。

「ぬいぐるみのこの顔に吸い寄せられたっていうのは分かる気もするし……なんか……」

「だんだんかわいく見えてきません？」

水波はうさぎのぬいぐるみをじっと見つめて、「うん」とうなずいた。

「クリスマスプレゼントはちょっとふざけたかんじになりましたが」

そう言って旺介がくれた誕生日のプレゼントは、ＧｏＰｒｏ用のＬＥＤライトだ。これをカメラ本体にマウントすれば夜間の撮影も手軽に行える。

「実用的すぎて、これもあんまりプレゼントっぽくないですけど」

「めっちゃうれしい。さっそく使う」

ＧｏＰｒｏに着けて、庭にカメラを向けてみる。

「おお～……これでＶｌｏｇ撮影がはかどるな。ありがとう」

そのあとは、和室と縁側の境目にふたりで並んで座り、生垣の点滅するイルミネーションライトと、焚き火台の炎を眺めながら、オードブルの残りをつまみに飲んだ。

古い家なので掃き出しの窓の近くはとくにひやりとしている。だから縁側に投げ出した足もとにオイルヒーターを置いた。身体は部屋の暖房と、ブランケットを膝掛けにしてあたためる。

旺介がブランケットの中でくっついてきて、水波は思わず身を硬くしてしまった。旺介は水波の緊張を感じ取り、「ん？」と不思議そうな顔をする。

「階堂くん……ってさ、近いよね。人との距離が」

「くっついてたほうがあったかくないですか？」

たんに暖を取るつもりの旺介と、好きな人の身体にふれることを意識してしまう水波とで、感じ方が異なるのはしかたないのかもしれないが。

緊張して喉の渇きを覚え、白ワインを水の勢いで飲んでしまった。

「こんな近い人、はじめて、かも」

「はじめて？　恋人は……もっと近いのかな」

旺介は探るような目でこっちを見ている。

「いや……普通に友だちでも、こんな近くないよね……」

「大学時代の友だちとカラオケとか集まって飲むときなんか、肩組んだりしますけど」

それとはちょっとちがうと思う、と言いたいが、水波は口を噤んだ。

「あ～……でも、今はなんか、それとはべつに、くっつきたい気分、かな。人のぬくもりって安心しません？」

恋人でもない人とふれあっても、普通は安心しないと思う。

――僕は階堂くんのことが好きだから、安心ってかんじじゃなくて、そわそわと落ち着かないんだけど。

実際、水波は心臓がばくばく鳴って、さっきから白ワインをがぶ飲み状態だ。

旺介はリラックスして、アルコール極薄のカンパリオレンジを飲んでいる。

「さっき、水波さんにごまかされた話、蒸し返してもいいですか」

「…………」

急に振られた話題だが身に覚えがあり、水波はこれまでとはちがう緊張でどきっとした。

「水波さんの恋の話です」

たしかに、旺介からの「恋人はもっと近いのかな」との問いの答えをごまかした。どこまで訊かれるのだろうかと警戒している水波を、旺介が覗き込んでくる。

「さっきだけじゃなくて、うーん……。水波さんは、恋の話になると、『階堂さん、それ以上は入ってこないでください』ってかんじで。わりと最初からそう」

「……僕の話なんて」

「水波さんのことを知りたいから、聞きたいんです」

旺介はいつになく真剣な顔をしているから、水波は言葉に詰まった。

「水波さんの初恋は中学生の頃で、相手は男子高校生だったたって、前に言ってたじゃないですか」

「……そんなのまじで聞きたいの？」

「あの日だって水波さんが『訊くなよ～訊くなよ～オーラ』出してくるから、遠慮してたんです。でも最近、水波さんとの距離がもどかしい。今こうして物理的に近付いてるけど、心の距離はそこの庭の焚き火台くらい離れてるから……俺としてはさみしいなって。もっとこっちおいでよーって思うんですよね。でも水波さんは来ないから俺から行くしかないな、って」

　旺介の指摘は当たっている。

「……うん……」

　水波は苦笑いのあと、小さくため息をついて、旺介から貰ったシュールなうさぎの足をにぎにぎとした。

「これ、けっこうさわり心地よくて癒やされますよね」

　なぜか旺介までうさぎの足をにぎにぎし始める。ふたりでぬいぐるみをにぎにぎするというおかしな状況の中、水波は話す覚悟を決め、旺介の顔を見て「話すよ」とうなずいた。

　旺介になら、話せると思ったのだ。

　今日までのつきあいの中で、旺介は水波の過去や性的指向や性格まで理解してくれているし、もしすべて話しても、それが原因で態度が変わったり関係が変化したりしない気がした。

「あのさ……最初に言っとくけど、初恋の相手も、それを知らないから、誰にも話したことないから、ほんとに、ぜったい、黙っててほしいんだけど」

　途切れ途切れに言葉を紡ぐ水波に、旺介は「そんなのもちろんです」と笑う。

「初恋の話をした日に、階堂くん、その相手のことになんとなく気付いてたよね」

「あー、はい。でも、俺の予想が外れてる可能性もあるので」

　水波はうさぎの足を揉んだりなでたりして、呼吸を整えた。

「……中学の頃に好きだったのは、その当時高校生だった蓮くんで」

「久東町長ですね、はい」

でも久東にはその当時、彼女がいた。彼女がいることを知って、自分の性的指向を自覚して、同時に失恋したのだ。

「久東町長……見た目だけじゃなくて、生き方からかっこいいですもんねぇ……。あの若さで五千人の町民を、町を背負ってる。絶対勝てないって分かる、悔しいくらいにいい男です」

旺介に悔しげな顔と口調で同調されて、水波も「かっこいいよね」と笑った。

子どものころから面倒見のいいおにいちゃんのポジションで、遊んでもらっていたのは水波だけじゃなかったし、同じ瀬理町で育った幼なじみはみな久東を慕っている。だから町長選挙に立候補したときも同年代が率先して「久東蓮を応援しよう！」と声を上げ、親世代も後押ししたのだ。そんなムーブメントが起こったのは、立ち上がったのが久東だったからというのは大きいと思う。

「しかも、水波さんが苦しいときに『瀬理に戻ってこい』って言ってくれた人でしょ？　俺が言われたわけじゃないのに、痺れたもんな……。普通に男惚れしますよ」

「ん……そうだね。あのとき久東町長が来てくれてなかったら、僕は今ごろどうなってたんだろ。感謝してもしきれないよね」

瀬理町に戻らず東京のどこかで、ひとりで暮らせただろうか。想像もできない。

ワインを飲む水波の横顔を旺介がじっと見てくるので、「?」と目で問いかけた。

「……今でも、好きなんですか?」

「まさか! 好きだったのは僕が中学の頃のことだよ」

「でも……今でもそんなふうに深いつながりっていうか、絆があって、なんかちょっと特別な関係ってかんじがしますけど……」

なぜだか旺介が口を尖らせている。

「失恋したあとも、そりゃ、しばらくは気にはなってたけど」

「今も、気にはなってる?」

「なってないって。いい人だと思うし、自分の上司として尊敬してる。でも、それだけだよ」

嘘でも強がりでもなく、今のかたちになれたのは自分の内向的な性格によって、若気の至りなんかで変に告白などしなかったからだとも思っている。

旺介は「うん……」と納得いかなげにうなずいた。

「初恋の人に好きとは告げないまま失恋して、その後の恋はどうだったんですか?」

水波は焚き火台のとろとろと燃える炎を見つめて、口に含んだワインを呑み込んだ。アルコールが喉元から胸を熱く焼いていく。

恋はいけないものだという意識が、思春期の頃から染みついている。

水波が知る限り、自分の周りに同性愛者はいなかった。だから自分ひとりが異質な存在に思え、小さな町で平和に暮らすため、家族にも迷惑をかけないように、自身の性的指向が明らかになることは避けなければならなかった。

「地元の中学を出たあと、市内の高校に進学した、でしたよね」

「うん。高校の頃もなんとなく好きな人はいたけど、告白しようとは思わなかった」

ゲイの自分には「好き」という想いを伝える機会はない。田舎がきらいなわけじゃなかったが、水波にとって、ここは恋をしていい場所ではなかったのだ。

でも日本の中でいちばん大きな器を持つ、どんな人間でも受け入れてくれる東京なら、自分みたいな人間でも自由に恋ができると思っていた。なんだかとんでもなく素敵な理想郷のように、勝手に思っていたところがある。

「……ということは東京に出てから、恋人ができた……ってことですか？」

「東京の大学へ進学して、就職して……。でも何ひとつ、恋とは呼べないな」

言葉を濁してしまう癖で、核心となる部分を避けて話してしまう。

「水波さん、以前に『恋愛はもういい』って言ってましたよね」

水波はワイングラスを板張りに置き、膝を抱えてそこに顔を伏せた。

「誰かにひどく傷つけられたとか、そういう話じゃないから安心して」

「あ……はい。うん、よかった。ちょっと心配しました」

小さく息をついて、水波は膝を抱えたまま旺介のことを見つめる。

水波が傷つけられたせいで恋を避けているのかと心配するような、優しい男だ。

自分を好きになってくれたらいいけれど、そんな願いはかなわない。

話すのを迷うのは、旺介にどう思われるか分からなくて怖いからだ。旺介なら態度を変えたりしないはずと信じているが、そんな彼の価値観からも逸脱して『絶対に受け入れられない地雷』を踏み抜く可能性はゼロではない。

どうせ好きにはなってもらえないから、せめてきらいにならないでほしい。

「俺、自分から踏み込んで、こうして訊いてるんで、どんな過去でも受けとめられますよ」

往生際悪くためらう水波に向かって、旺介がおどけた顔で両手を広げて見せる。水波には、それが大きく開かれた扉のようにも感じた。

身体のこわばりがとける。心がほどける。

——今までしたかなわない恋の中で、いちばん素敵な人。

水波は笑みを浮かべてうなずいた。

「僕は……カラダ目当ての出会いや、そういうつきあい方しかしてこなかったんだ」

水波の告白に、ややあって旺介が「あー……うん、そっか」とつぶやく。旺介は水波の言葉をただ受けとめただけのような表情だ。そこには『理解』も『軽蔑(けいべつ)』も浮かんではいない。

「『意外』って、言っちゃいけないんだろうけど。俺の中の水波さんは、俺が勝手に創り出したものだから」

「清麗で一途なタイプに見えてた？　がっかりした？　裏切られたかんじ？」

旺介に言われたくない言葉を、自分のほうから畳みかける。

初恋の人をいつまでも忘れられず好きだとか、片想いの相手を一途に想い続けて節操を守っているとか、人の気分を害さない都合のいい物語に出てくるような、理想のキャラクターにはなれない。もし旺介が水波にそういうものを求めていたとしても、少しも不思議なことではないので、責める気はないが。

「ううん、そうじゃない。仲良くなれたつもりだったけど、結局俺も、水波さんの外側しか見えてなかったんだなって。少しは分かった気になってた愚かな自分に『お前ばかだな』って」

「階堂くんは、何も悪くないよ。隠してたのは僕だから」

「誰かにひどく傷つけられたことはないって部分、ほんとに信じていい？」

旺介が気にかけてくれた部分がそこで、あぁ、やっぱり好きだなぁ、と水波は心で噛みしめながら、「うん、ないよ」と答えた。

大学進学して間もなく、同じ性的指向の、都合がいい相手を探すマッチングアプリにおそるおそる登録したら、ものの数時間でメッセージが山ほど届いた。

「最初は『恋人がほしい』って思ってたけど、そんなうまくはいかなくて、でも求められると自分を必要とされてるような気になって、瞬間的な快楽で満たされて気持ちよくなってた」

大学では普通の人たちに混じって普通に講義を聞き、普通にバイトをして、息抜きや気まぐれで、アプリを使って相手を探す。

「『遊び相手としてちょうどいい』って相手に思われてるってことに気付いても、僕は何も言えない。僕自身、お手軽な快楽を拠り所にしてたから」

就職したあとも、それは変わらなかった。

「水波さんが以前、『本物のブラックに勤めてた』って言ってましたね」

「平日と休日のラインが曖昧で、サビ残は当たり前。上司から毎日『半人前』『役立たず』って人前で激する口調で説教されるのが日常の職場だった」

「……それ……ひどいですね……」

ワンマン社長のパワハラで自分の存在価値が消えかけるたびに、人に求められる行為に逃げる。それでいっときは自分を保てるのかもしれないが、所詮かりそめの慰撫でしかない。

「僕が本当に欲しいのは快楽の先にあるものだったのに。あぁ……快楽の先じゃなくて、ほんとはそれよりもっと手前だったのかな。心を交わさずにただセックスしてたんだから、そりゃあ恋愛にはならないよね」

「でも、何度か会ううちに情が移ったり、『この人となら恋ができそう』って思える出会いが、中にはあったんじゃないですか?」

「そう思える相手にも『遊びだから』って言われたら、僕も『あぁ、まぁ、そうか。そういうアプリで出会ったんだし』って」

「そこでもうひと押ししないんですか」

「しないよ。できない。こうして振り返るとはっきり分かるんだけど……僕は人の目を気にして、自由に恋愛できるはずの東京に出てきたのに、結局、同じ性的指向の人に対しても遠慮してたんだよね」

東京なら自由になれるのではなく、自分自身が変わらなければ、どこへ行ったって、どこで生きていたって、人生は何も変わらないのだ。変わりたいという気持ちがあっても、相手の都合で変わるものだという甘えがあった。

「……うーん、でも、その『遊びだから』って言った相手も、それは彼の本心じゃなくて、ただ水波さんの本心を探りたかったのかも。水波さんがどういうふうに反応するか、水波さんの心を試してたのかもしれないですよね」

水波がちらりとも考えなかった憶測だったから、驚いた。

「愛される自信がなかったのは、水波さんだけじゃなかったのかもしれない。その相手に確かめられないから、一生分からないことですけど」

「…………」

たしかに、自分ばかりがかわいそうな気になっていた。本当は水波のほうが、相手を信じようとせず、撥ねのけて、傷つけていたかもしれない。

「……階堂くんに言われるまで、気付かなかった。そうだね、階堂くんの言うとおりかも」

自分の気持ちをさらけ出さない水波に、相手も心を開かないのは、理の当然だ。

「あ……もしかして今も連絡を取りあってたりするんですか？」

急に早口になる旺介に、水波は「まさか。ぜんぜんしてないよ」と笑った。旺介は「なんだ、びっくりした」と安心した顔を見せる。

「瀬理に戻ってからは、アプリもやってない。どうせ出会いもないし、そういう遊びを含めて『恋愛はもういい』って思ってる」

「今、水波さんが『恋愛はもういい』って思っちゃってるのは、仕事も充実してて、瀬理での暮らしを楽しんでて、満足してるから……なのかな」

「うん、そうだね」

はじめて自分の過去について包み隠さず話した。あらいざらい喋(しゃべ)って、ほっとした顔の水波の横で、旺介は「うーん」と納得いかなげだ。

「……理解はできるけど、なんか、……さみしいです」

「……さみしい？」

「……水波さんがまだ遠い気がする……久東町長と水波さんの距離にもだいぶ及ばない」

旺介がやたらと久東と比べるのは、男としてのプライドで、だろうか。

「あ、階堂くんのことまで突き放してるように感じた？　ちがうよ。こんなふうに階堂くんと会って話したり遊びに行ったりするのを僕はいつも楽しみにしてるし、これからも変わらずそうしてもらえたらいいなって思ってるから」

　水波の言葉に、旺介はややあって「はい」とうなずいて続けた。

「誰だって仕事も恋も、自分の思いどおりに、理想どおりに、うまくいくことばっかりじゃない。でもそういう過去を踏まえて、水波さんは今、瀬理町のためにがんばってますよね。俺はそれを知ってる。近くで見てる。俺もそんな水波さんの前で胸張って『テレビ見て』って言いたいから、もっとがんばりたいって思うんだ」

　水波が明かした半生について、聞く人によっては、説教したくなる部分や、理想や期待とはちがう人物像にがっかりする部分もあっただろう。でも旺介は、今目の前にいる水波のことを認めてくれて、そのままでいいというように優しくほほえんでくれる。あまつさえ、今の水波を見て、自分もがんばりたいなんて言ってくれる。

　――口から『好き』が飛び出しそうだ。

　すると突然、旺介が「はい！」と元気に手を挙げたから、水波は驚いた。

「俺もアナウンサーとしてもっと輝けるように、もっともっと精進したいです」

「何、急に、来年の抱負？」

「そう、来年の抱負。具体的な目標を挙げるとすると……そうだな。『ローカル局のアナウンサーとして東京の番組に出演すること』とか、どうでしょう。東京のテレビに出るのが俺の夢でもあるんで」

「局の代表としてってこと？　うん、いいと思う」

系列各局のアナウンサーが集結しました、という女子アナの番組はときどき見るし、キー局の朝の情報番組で地方のアナウンサーが生中継を担当している場面が思い浮かぶ。

「水波さんは？」

「んー、現実的かつ実現できそうな目標ではあるけど、なる早でＹｏｕＴｕｂｅチャンネルを開設することかな」

「で、チャンネル登録者数が瀬理町公式チャンネルを爆速で上回る！」

「言うだけタダのかんじになってるけど、うん、でもがんばるよ」

水波の言葉に旺介はあたたかい眸(ひとみ)でほほえんでうなずいてくれた。

「階堂くんといると、僕のＱＯＬも爆上がりする」

いつだったかの旺介の言葉を真似る。すると旺介も覚えていたようで、「これからも一緒に上げていきましょう」と親指を立てたこぶしを突き出し、水波のこぶしにこつんと当てた。

そのあともだらだらと飲み、しゃべり、旺介が「小腹が空いた」と言うので、たくさんある餅のひとつにきなこをつけて食べさせた。

水波はたいがい飲んだ。白ワイン一本をほぼひとりで空けた頃にはすっかり酔っ払って、畳のへりに沿ってまっすぐ歩く遊びをしたら、ぜんぜんしっかり歩けない。

あはは、と笑って畳に寝転(ねころ)ぶと、極薄カンパリオレンジでまったく酔っていない旺介がかまってくれるのが楽しい。

「水波さん、あしたおせち料理作るんですよね？　だいじょうぶかよ」

「んー、だいじょばないかも」

「あ……酔うと限界が急にきて、眠くなるんでしたっけ」

「うん……ふわふわしてる……」

意識が落ちかけたところで、旺介が「あーっ！　ちょっと待って！　寝ないで！」と慌てている。

「ふとんどこ？　敷くから」

「……となり」

「八畳のほう？」

「うん。寝室はあるんだけど……今日は、階堂くんと同じ部屋で僕も寝る」

水波はもぞもぞと畳から起き上がり、旺介のあとに続いた。

押入を「そこ」とさすと、旺介が動いてくれる。

「俺もこれに寝ていいの？　こっちに？　敷くの？　あ〜もう、水波さんはいいです、やんなくて。まくらだけ持ってて」

旺介に邪魔そうにまくらをふたつ持たされた。さっきからなんだか楽しくて、にまにましてしまう。旺介がふとんを二組並べて敷いてくれるのを、水波はまくらを持つという係に専念して見守った。

「もう酔っ払いは寝て。俺が洗いものはやっとくから」

「……おふろは？」

「いいよもう、一日くらい入らなくたって。あした朝でもいいし」

面倒くさがっている口調なのに、旺介が優しく手を引いてくれる。

水波がふとんに横になると、プレゼントのうさぎを持たされ、上掛けをかけるまでしてくれるのが、おかしくて楽しくて笑ってしまった。

「これを抱いて寝るのか二十八歳……でもさわり心地いいな……」

「俺しか見てないから。みんなには内緒にします」

旺介の声が耳に甘く響く。すでにまぶたが重く、しっかり開けていられない。

夢とうつつの境目が曖昧になってくる。

うとうとする水波の頭を、指で梳くようになでているのは旺介だろうか。

「水波さん……ほんとに『恋愛はもういい』の？」

縁側で寝転ぶ旺介の髪をなでたいのを、なんとか我慢した日のことを思い出す。あのとき水波は、友だちだったら普通はしないだろうと考えて踏みとどまったのだ。

「一緒にいると楽しいのに、ときどきさみしくもなる」

旺介は自由奔放に、水波の髪をなでている。本当はもう、夢の中かもしれない。

「水波さんのことを少し多く知っても、もどかしさが消えない。線を引かれてる。でも優しくしたいんですよ。なんだろうな、この気持ち……」

この瞬間、旺介の中にどんな感情が芽生えたというのか——夢とも現実ともつかないところで耳に届いた「いとしい……かな」という言葉を最後に、水波は深い眠りに落ちていった。

昨晩のことが夢だったのか現実だったのか確認できないまま、旺介と三十一日をすごし、おせち料理をお重に詰めて、水波は家族とともに正月を迎えた。

大晦日に旺介も東京の実家へ帰ると言っていたので、年が明けてお互いに『あけましておめでとうございます』のＬＩＮＥメッセージを交換しただけだ。

水波はそのなんてことない新年の挨拶を見ながらでも、頭の中では三十日の夜の夢うつつについて考えてしまう。

旺介に髪をなでられた気がするが、自分の願望でそういう夢を見たのかもしれない。いや、ぜったいそうだ、と水波は締めくくった。だってまさか「僕の髪をなでて『いとしい』って言いました？」なんて訊けるわけがない。

水波は元旦に瀬理の家に戻ったあと、Ｖｌｏｇの編集に取りかかった。一日も早くＹｏｕＴｕｂｅのチャンネル開設に漕ぎ着けたかったからだ。気が焦るのは、苦境に立たされている久束のため、瀬理町のためで、自分ができることがとりあえず今はこれしか思いつかないからだった。

Ｖｌｏｇの編集に没頭し、おせちの残りと、ご近所からのいただきものや餅を食べたりして、あっという間に三日が過ぎた。

四日に瀬理町役場の仕事始め式に出席し、その晩ついに個人Ｖｌｏｇのチャンネル開設となった。役場の職員というプロフィールは伏せ、動画はどれも十～十二分程度でつくっている。

動画の一本目は年末の干し柿作りを見せつつ、このＶｌｏｇは『瀬理町という田舎町で暮らす独身男性のソロ活をありのままに映す』という主旨を伝えるもの。二本目は旺介とのクリスマスリベンジ、三本目は大晦日のおせち作り、とした。

ＹｏｕＴｕｂｅと個人のインスタグラムをリンクさせて、動画から切り取った画像をポストし、そちらからの集客も狙う。

——どれくらいの人が見てくれるかは分からないけど……。始めなきゃ、始まらない。

旺介に貰った言葉を、胸で繰り返す。

旺介のほうは四日午後のローカル番組に出演していたので、水波はその放送を録画して見た。先輩の宇木(うき)アナとともに県下のあちこちの神社を回る『初詣(はつもうで)めぐり』の様子だ。先輩女子アナと旺介のコントみたいなやり取りで、水波も何度も噴き出したりして楽しく視聴した。

——宇木アナがリードして、階堂くんのキャラが生きててイイ。

バラエティでおもしろおかしくコメントしたり、レジャー情報を伝えることより、旺介はニュース読みをしたいのかもしれないが、水波がよく知る彼の姿に近くて好きだ。

——でも、バラエティ系にばっかり出てると、急にニュース読んでる姿に違和感を覚えたりするもんな。そういうのは、アナウンサーとしてつらいところだろうな。

旺介の気持ちを知っているから、もっとニュース読みを担当させてもらえるようにと願い、応援したいと思う。

録画を見終わったところで、旺介からＬＩＮＥが届いた。

『ＹｏｕＴｕｂｅ個人チャンネルの開設、おめでとうございます！』『さっそくＶｌｏｇ観ました！　ゆるくてほっこりするかんじ、すごく水波さんらしくていいと思います』

メッセージ受信音が賑やかに連続して鳴り、水波はその文面を読んでほほえんだ。開設から数時間でチャンネル登録してくれているのは、ほぼ友人知人だ。

「ありがと」

旺介が背中を押してくれて、応援してくれたから、なんとか漕ぎ着けたと思う。

だから旺介にとっても、自分がそのような存在になれたらいいなという気持ちで、『今日の放送、録画して見たよ』とメッセージを綴った。

まじめに誠実に、旺介が取り組んでいる姿勢と仕事を応援したい。きっとそれを見てくれている人はいる。必ず結果はついてくる。いつかその努力が実を結んで、望むかたちに導いてくれるはずだ。

――階堂くんを応援しながら、自分のことも励まされるよ。

がんばっている旺介の姿を見て、水波は「のんびりしていられない」と顔を上げた。ＹｏｕＴｕｂｅ動画はコンスタントに上げていかないと、チャンネル登録者が離れていく。田舎暮らしに興味がある人、田舎暮らしをしたいと思っている人、そういう都会の人たちが観てくれたらいいなと思ってチャンネルを開設したわけだが、これが瀬理町の活性化とは関係のないところで話題になるとは想像もしていなかった。

□6□

「こういうのは想定してなかった」

　顔をしかめて運転する水波（みなみ）の横で、旺介（おうすけ）が「あはは」と笑う。

　今日は旺介と瀬理（せり）町を出て、まだ行ったことのない他の町へドライブだ。

「笑いごとじゃないって」

「いや、でもよかったじゃないですか。『田舎でひとり暮らし・二十八歳男性のソロ活をありのままに写してみた動画』がほっこりゆるゆる癒（い）やし系動画として好評で」

　瀬理町公式ＹｏｕＴｕｂｅは相変わらず三百人たらずなのに、『ナミヘイ』の名で投稿した水波のＶｌｏｇは開設して二カ月近くでチャンネル登録者数が五千人を超えた。きっかけは人気のインスタグラマーが『最近これを流しながらお風呂に入るのがスキ』とポストしたことだ。

　都会で働く疲れた会社員やＯＬ、田舎暮らしとは縁遠い人たちが、癒やし目的に観る動画としてちょうどいいらしい。

「『いろいろ考えずにぼーっと観れる』『ちょっとくすっとなるところがあるのもいい』『動物

の定点撮影に近いものがある』っていうのが視聴者さんのご意見のようですよ、水波さん」

「そんな僕が住んでる瀬理町にもっと興味を持ってほしいんだけどなぁ」

動画は基本的にBGMと文字のかぶせでつくっているのだが、おしゃれ動画がやりたいわけじゃないので、料理をちょっと失敗したり、手順を間違ったりしても、「あぁっ」という焦りの声も込みでそのまま使っている。

「俺もこっそり撮影に参加したクリスマスリベンジの回も好評でうれしいな。『声がふたり分入ってるね。ナミヘイさん、ぼっちじゃないじゃん』ってコメントでつっこまれてる。『おや？イケメンでは？　マスク取って今度は顔出ししてください』ってコメントもありますよ」

「顔出しはしません」

ピザ釜の前にいたときに旺介に呼ばれて振り向いた場面も、マスク＋頭にほっかむりして、汚れてもいい服装にゴム製サンダルだったのが、飾らないかんじに映ったようだ。

今は思惑とはちがう層に注目されて再生回数が伸びているけれど、ひとりでも多くの人の目にふれて、そこから広がっていくことを願っている。

今日、瀬理町ではなく他の町へ遠出したのは、ただのドライブやレジャーが目的ではない。高齢化、過疎化が進むほかの町はどんな対策を行っているのかを参考にするべく、話を聞くためだ。

三月には年四回の定例会のうちの、一回目が開会される。昨年十二月の定例会のあと、町長も職員からアイデアを募集するなどして、町議員たちが納得するような改革案について策を練っているが、これという妙案が出ていないのだ。

だから頼まれたわけではないが、少しでも何か参考になればと、水波は休みの日もこうしてあちこちへ出向いている。堅苦しく、重たく考えての行動ではなく、視察とレジャーを兼ねたドライブだ。そこに旺介がこうしてついてくることもある。

瀬理町と同じく町域の多くを山林が占める町では、森林所有者、役場、森林組合が連携し、生産から販売までを一括管理することで、地場産品の企画、木材製品の流通と販売がかない、年間の移住者が九十人ほど増えたらしい。

他にも、築八十年を越える古民家を改築し、サテライトオフィスとしての機能を持たせて在宅勤務可能な環境に整え、都内企業に売り込んだ町もある。働き方が多様化している今こそと、国が実施する『ふるさとテレワーク推進事業』に参加し、放置されていた廃工場にテレワークのための設備を整えた施設をつくった町もあった。

一日かけてアポを取ったところを回ってみて感じたのは、どこも地元の特色を活かしながら時代に合った策を練り、みんな懸命にやっているということだ。苦しんでいるのは瀬理町だけではない。

あちこち巡る途中で気になった店でランチをして、そのあと立ち寄ったカフェでフルーツがたっぷりのったタルトを食べたのはいい息抜きになった。

今はインスタでも話題のジェラートを今日の締めに、車の中で食べている。

「なんか……思うんだけど、スピードってだいじなんだろうな。階堂くんの『始めなきゃ、始まらない』は至言だね。でもなぁ……誘致系の案にはみんな尻込みしてるんだ。以前、企業誘致に失敗してるらしくて」

交通の便が悪すぎて、誘致話を進めていた企業から逃げられてしまったのだ。勝算を甘く見積もり、整備ありきで話を進めたのだから、そもそも役場側がまちがっているのだが。

整地された立派な土地が、今や雑草が生い茂り、完全に遊んでいる状態だ。これも「とにかく公共事業を推し進めて活性化させる」という公共事業神話に傾倒した末路といえる。

「今や役場公式ＹｏｕＴｕｂｅは当たり前。余裕のある自治体は、俳優さんを使ってイメージビデオを製作したりして盛り上がってるもんなぁ」

水波が食べている『いちごみるくのジェラート』を、横からプラスチックの小さなスプーンで旺介に掬い取られた。旺介に「こっちも食べます?」と『ティラミスのジェラート』を傾けられ、水波もスプーンをそちらへ向ける。食べ比べて、どちらもおいしい、と意見は一致した。

「俺も少子高齢化、過疎化に悩む町の活性化対策成功例とか、地方再生・地方創生の情報にアンテナ張ってます。こういう問題って瀬理町だけじゃないし」

「そうだね……うん」

「県外だけど、ＴｉｋＴｏｋで注目されてる町もありますよね」

「役場の課長部長クラスが踊ってるやつな。メンバーの奥さんがプロデューサーで、おじさんたちが怒られながらもがんばって、たどたどしく踊るのがほほえましい」

しかし多少注目を集めるだけではなく、その先につながらないといけない。人が集まり、移住者が増え、収益を上げられるような、そんな改革案が必要だ。


今年最初の定例会まであと二週間ほど。土曜日も庁舎に詰めて、水波は佐木田（さきた）たちとともにデータの収集や書類作成を手伝った。職員から出された地域活性化につながる改革案のアイデアの中から議会で承認さえ得られればすぐに実行できそうなものは草案をつくり、可能性のありそうなものについては提案書としてまとめる作業だ。

「水波ー、なんか甘いもん持ってない？」

ファイルの山とパソコンのディスプレイの隙間（すきま）から佐木田の声が聞こえる。

「ナッツのチョコがあるけど、もうお昼過ぎてるよ。ちょっと休憩しない？」

時間を確認すると、『サタまる！』の放送時間内だ。毎回録画しているが、休憩のタイミングで旺介が出ている中継コーナーを見られたらいいなという思惑もある。

「そんな時間か……昼飯にするか～」

佐木田や他の職員もわらわらと席を立つ。女性職員ふたりは「外に食べに出ますね」とフロアを出ていき、残った者たちからも「どうする？　弁当をまとめて買ってこようか」と声が上がるなどする中、水波は持参の弁当を手にテレビのチャンネルを岐阜中央放送に合わせた。

しかしつけた途端に、旺介が担当している中継コーナーが終わってしまったらしい。水波はひとりで「あぁ……」とぼやいた。でもラッキーなことに、旺介がロケに参加したコーナーがこのあと放送されると分かって、テレビがよく見える位置へ移動する。

「水波、『サタまる！』好きだったっけ」

佐木田がとなりに座り、水波は「うん」とうなずいた。ふるさと振興課の若手職員もテレビが見えるテーブルで出前の丼を食べ始める。

続けて始まったコーナーで、旺介が岐阜県出身のタレントとともに、飛騨牛を使ったビーフカレーなど、新発売のお土産品の情報を伝える様子が映し出された。

――タレントさんにもつっこまれてる。おもしろ。

水波が思わず頰をゆるめる横で、ふるさと振興課の職員が「階堂アナ、だっけ。いつだったか、瀬理の川魚を土まみれにしちゃった」と少し懐かしいネタを出してきた。それに対し、佐木田が「そうそう。顔は二枚目なのに三枚目キャラで売ってるかんじ」と返す。

職員たちの会話を耳にしながら、水波はテレビに集中する。

「階堂アナって都落ちのアナウンサーらしいね」

ふるさと振興課の職員が何気なくこぼした噂話が水波の耳に届いて、どきっとした。

「俺のいとこの友だちが、別の地元テレビ局のアナウンサーなんだけどさ」

「え……都落ち……って？」

水波が茫然とした口調で問いかけると、噂話を始めた職員が続ける。

「東京キー局のアナウンサーになりたかったらしい。でも受けたところぜんぶ落ちて、で、大学出たあとさらに一年かけてアナウンススクールに通ってたって。そこで一緒だったっていう人が『俺のいとこの友だち』」

浪人か留年した過去があるのだろうと察していたが、その理由まで旺介に直接訊いたことはない。スキルアップを図って海外留学などしていれば、一年や二年くらいは留年する。

「アナウンススクールに通ってキー局に再チャレンジしたけど全滅。そこで落ちたキー局の人事から紹介されたらしいよ、『地方局を受けてみないか』って」

ふるさと振興課の職員がもたらす噂話に、佐木田が「それじゃあ、キー局から斡旋されたってこと？」と投げかけた。

「キー局でダメだったアナウンサーをローカル局に紹介するってパターンはあるらしい。ローカルからすると、キー局落ちとはいえ『お墨付き』だろうしね。あとは本人がローカル局のアナになることを納得するかどうか、じゃない？」

「地方局とはいえ超狭き門であることに変わりはないけど、まぁ……キー局とローカルじゃ、いろいろと雲泥の差なんだろうな」

職員たちの噂話を、水波はテレビを見るふりをして聞いていた。おかげで、テレビの内容がまったく頭に入ってこない。

——キー局志望だったけど、採用されなかったからしかたなくローカルに来たってこと？　アナウンサーなどとくに新人のフレッシュさに重きを置くだろうから、新卒を採りたいだろう。既卒の年数を重ねれば、門戸はどんどん狭くなるにちがいない。もう一年アナウンススクールに通ってキー局に再再チャレンジするか、ローカル局で手を打つか、旺介は選択の岐路に立たされたのかもしれない。

水波の不安を煽るように、職員たちが噂話を続ける。

「ローカル局を紹介されて、悔しいのもあるし、受けるか迷ってたみたい。そのいとこの友だちの話ではね」

「キー局にこだわってんのに、ローカル局はいかが〜って提案されたら普通にへこむよな」

しかたなく決断したとしても無理はない、とみんなは話している。

川魚料理の生中継で旺介と出会ったとき、番組ディレクターから「自分が本心から魅力ある町だと思ってないだろ。ローカルのお気楽情報番組だって舐めてるし」と叱責されていた。番組のスタッフなら、旺介が本当はキー局志望のアナウンサーだということは知っていたはずだ。『ローカルのお気楽情報番組だって舐めてる』という指摘がそれを踏まえての言葉だったなら、実際旺介にも、最初の頃は「なんで俺がローカル局なんだよ」という気持ちが多少なりともあったのかもしれない。

誰もが第一志望の就職先に勤められるわけじゃない。採用されなければ、第二候補、第三候補と希望を下げながら受けるだろうし、それはアナウンサーに限らず当然のことだ。悪いことじゃない。それに何よりも今、旺介は自分が置かれた場所でがんばっている。

でも旺介はたしかに、「東京のテレビに出るのが俺の夢」と話していた。

──もしかして……いつか東京に戻りたいって、思ってる……？

フリーになり、東京の番組でメインキャスターを任されている、地方の準キー局出身のアナウンサーはいる。そんなふうに成功する人などほんの一握りであることはたしかだが、ゼロではない。他にも、メインではないにせよ、東京のバラエティ番組によく出ている地方局出身のアナウンサーが、「地方を踏み台にして」とからかわれている姿を見たこともあった。

──踏み台に……？

だから、アナウンサーとしての血肉にするべく、水波とドライブしながらあちこちの町の様子を学び、地方の状況を身をもって知ろうと努力しているのだろうか。

純粋なものとして見えていた旺介の笑顔が、水波の目にほんの少し翳(かげ)って映った。

その日の夜、久東(くとう)から「今日、ちょっと飲みに行かないか」と誘われ、役場での仕事後にふたりで居酒屋に入った。

土曜日の夜に、カウンターに作業着姿の男性や、仕事帰りとおぼしき中年男性のグループなど数組がテーブル席に座り、久東や水波より若い人の姿はない。

個室の座敷で向かい合い、水波は「ふたりで飲むのは久しぶりだね」とほほえんだ。いつもは町役場の誰かが一緒にいるか、地元の幼なじみが集まる席だ。

久東から席に着くなり「今日は町長と役場の職員じゃなくて、幼なじみってことで」と告げられた。つまりここでは、水波が「久東さん」「久東町長」ではなく「蓮くん」と呼んでいいということだ。

「水波のVlog、うちの奥さんも楽しみにしてる」

「えっ、ほんと？　うれしいな」

皿に盛られたやきとりの中から、地元産ブランドの豚バラを手に取る。塩こしょうが振ってあるだけだが、肉の旨味と脂の甘みが濃くておいしい。

「そうだ、蓮くんにひとつ報告。今日、役場のフォームにはじめて、僕のVlogを見たって人から移住に関する問い合わせが届いたんだ」

水波の報告に「おお」と久東も沸く。

「ただの癒やし動画って認識されてる感があって、自分でも『思ってたのとちがう……』って感じてたんだけど、瀬理に興味持ってくれる人がいるって実感できたから少し安心した。小さな一歩でしかないけど。効果を信じて続けてみようと思うよ」

「そうだな。あと、階堂くんのコネで、テレビで取り上げてもらえれば」

「それ蓮くんが言ってよ」

　水波が笑ったとき、ＬＩＮＥメッセージが届いた。

「噂をすれば。階堂くんからだ」

「ははっ。見えてるのかな」

　スマホを手に取って、メッセージを確認する。

「出た。またいきなりだよ。今から瀬理に来たいって」

　でも今日は、久東に声をかけられて飲みに来た。気軽に「いいよ」とは返信できない。

「階堂アナがよければ、俺はいいよ。彼とゆっくり話してみたいと思ってたんだ。瀬理の未来について、外の意見も聞けたらうれしいし、呼んでみなよ」

　久東は、休日の遊びのついでに旺介とふたりで他の町の活性化対策について調べてまわっていることを、水波が報告済みなので知っている。

　久東のほうから同席を提案されて、水波は「うん、訊いてみる」とうなずいた。

「あ、でも、階堂アナは市内からどうやって来るんだ？」

　久東は腕時計を確認し「もう十九時過ぎてる」と目をまばたかせる。

「『久東町長とやきとり居酒屋にいるけど来る？』って訊いてみる」

水波がさらに『久東町長も階堂くんと話したいって。でももう飲んでるから迎えには行けないよ』と返すと、旺介からは『おじゃましてよければ参加させてください』『車で行くのでだいじょうぶです』と返事が来た。

「……車で来る、だって。誰かに送ってもらうのかな」

「どこかのロケの帰りなのかもしれないね。でも階堂アナとほんと仲いいな。いつもそんな急に約束するかんじなのか」

「まぁ、前日とか当日ってこともある……僕がどうせ暇だってあっちも知ってるからね」

この時間から来るということは、泊まるつもりだろうか。

旺介とジェラートを食べたドライブからは八日経っている。

もともとマメなのか、旺介からLINEメッセージが毎日来るし、週二で会ったときなど一瞬、「もしかして僕たちつきあってるのかな?」と訊きそうになった。

旺介は水波のVlogを撮る役目をなぜだか気に入ったようで手伝いたがる。山菜を使った天ぷらを揚げて食べる動画、都会で流行りのスイーツ・カッサータを作って食べてみる動画も、旺介がこっそり覆面参加しているが、『階堂アナ』だとは誰も気付いていない。

――いつからこんなふうになったんだっけ……?

そういえば、正月の『あけおめ』のメッセージからだ。

――『あけおめ』っていうか……その前の、リベンジクリスマスのお泊まりがきっかけ……

だったのかな。

あの日、酔っ払って寝落ちした水波は、旺介に優しく髪をなでられた気がするのだが、夢だったかもしれないと自信がなく、すっかり時間も経ってしまって訊けずじまいだ。

新年を迎えて最初の辺りは毎日ＬＩＮＥメッセージが届くわけではなかったが、二日とあけずに何かしらメッセージをくれるようになり、どこからか毎日になった。

『無加水鍋を買ったけど、水波さんが来てくれるまで放置』とか『豪雨、そっちはだいじょうぶですか?』とか『今度このカフェのフルーツパフェ食べましょうよ』とかだ。

無加水鍋でトマト缶ベースのスープを作るレクチャーは、水波がちょうど忙しくて、「Ｖｌｏｇに撮ったから、階堂くんもそれ観て」ということですませてしまったが。

――階堂くんから、いじけた織田信長スタンプと「え――――――」って返事が来たもんな。たしかにちょっとかわいそうなことしたから、時間ができたら家に行こう。

旺介の家に行ったのは、クリスマスイブの一度きりだ。

「水波?　二杯目、何にする?」

ついぼんやり旺介のことを考えてしまい、久東に呼ばれてはっとした。

「あ……あぁ、えっと生搾り(なましぼ)レモンサワー、かな」

旺介はとくに用がなくても「暇だから」という理由で瀬理まで来ることも多い。今日もそんなところだろう、と思っていた。

それから、旺介はLINEの連絡から一時間ほどで、久東と水波がいる居酒屋に顔を出した。

「お疲れさまです。久東町長、お久しぶりです。急におじゃましてすみません」

ジャケットにノーネクタイとカジュアルな服装で現れた旺介は、今日は『サタまる！』の中継コーナーにも出演していたはずだ。

久東の前だからか、いつもより落ち着いた様子で挨拶し、水波のとなりに「ここ、いいですか」と腰を下ろす。

「お疲れさま。今日の生中継、どこだった？」

水波が訊くと、旺介が「バラ園です。バラスイーツを食リポしました」と答えた。

とくに県の西側にバラ園やバラの専門店が多く点在する。花の見頃は五月以降だが、温度調節されたハウスもあるし、バラを使った商品を扱う店や飲食店もあるのだ。

「バラを一輪、口に咥えさせられて、踊らされて」

「フラメンコ？」

「やったことないのに、フラメンコ」

「やばい……録画見るの楽しみ」

水波が肩を震わせて笑うと、旺介が「いや、あの、かっこよくできたはずなんで、笑うところじゃないです」とまじめな顔で訴えてくるから余計におもしろい。

そんなふたりを見て、向かいに座っている久東が「ほんと仲いいのな」と感心したような顔で言うと、旺介が笑みを浮かべながらなぜかどや顔になる。

「階堂アナ、水波とあちこちドライブデートしてるらしいね」

久東が旺介にそう問いかけるので、水波は慌てて「えっ、デ、デートじゃないよ」と否定した。そんなふうに久東に報告したことはないのだ。

「いいじゃないですか、デートで」

旺介までそれにのっかるから、水波がひとりでもぞもぞしていると、それよりとんでもないことを久東が言いだした。

「でも今日は俺と水波のデートに、階堂アナが割り込む間男ってところだな」

「え？」

となりの旺介から、一瞬ばちっと火花が散ったように見えたのは気のせいだろうか。

「俺が？　間男ですか？　おじゃま……でしたかね、やっぱり」

「いやいや、もののたとえだよ。階堂アナと水波の最近の仲良しっぷりが、端から見ててうれしくて、ちょっと茶々を入れたくなってしまった。俺もオジサンだな」

久東に対し、旺介の声のトーンが本気なので、会話がおかしなことになっている。

水波の初恋の人が久東だということを、久東本人だけが知らない。だから久東は冗談のつもりで発言していることを、旺介が分からないはずはないのだが。

変な空気をとりなすように水波が「何言ってんのふたりとも」と笑いながら割って入り、旺介にドリンクのメニュー表を押しつける。

「生搾り系のサワーはぜんぶおいしい。紅茶ハイボールもおすすめ」

「……じゃあ、生搾りレモンを」

ついでに「蓮くんも次は何飲む」と声をかけると、すかさず「蓮くん？」と驚いた目をした旺介からつっこまれた。むかし名前呼びしていたために幼なじみが集まる席だと癖が出ると旺介に明かしたことはあるが、直に聞いたのがはじめてだったために衝撃的だったようだ。

「今日は『町長と職員』じゃなくて、俺と水波はデート中だから」

「蓮くん、そのネタもういいよ」

旺介の顔が、なんだかむっとしているように見える。

なんなんだよこの無意味なマウント合戦と困惑しつつも、水波は笑顔で久東を軽く窘め、となりの旺介には「蓮くんすでに三杯目でほろ酔いです」と苦笑いで伝えた。旺介は何か言いたげにしたものの、口を噤む。「俺、来てよかったの？」と思っているのかもしれない。

水波は気付かないふりで、二つ折りのお品書きを旺介との間に広げた。

「階堂くん、おなかすいてるんじゃない？　やきとりはもちろんだけど、唐揚げもおいしいよ。やまいも鉄板もおすすめだし」

「やきとりは……盛り合わせのやつでいいかな」

お品書きを覗き込もうと旺介が水波のほうに身を寄せてくるので、一瞬驚いてびくっとして

しまう。いつもの旺介の距離感だけど、好きという感情がうっかり破裂しそうな気がして緊張するのだ。でもいつもならその距離でとどまってくれるのに、旺介がますますくっついてくる。水波は何が起こっているのか分からず、目をまばたかせた。

「水波さんは？　もうおなかいっぱいですか？」

久東に返すのとはちがって、甘みのある声だ。水波は少々困惑した。

「……いや、まだそんなに食べてないけど、階堂くんが食べたいやつを選んでいいよ」

「水波さん、好ききらいないですもんね」

向かいで久東がにこにこしてこちらを見守っているのを感じながら、ふたりで『本日のおすすめ』のお品書きを覗き込み、「これとこれ、これも」と選んだ。

メニューをテーブルの端に戻すタイミングで、水波のほうから身体を放してほっとする。

なんだかよく分からないが勝手に想像するに、旺介は「邪魔されたくないなら俺を呼ばなきゃいいのに」と思って、久東に対抗心を燃やしたのかもしれない。

「水波とのドライブデートで得た他町の情報なんかも、聞きたいな」

久東の『デート』発言にはつっこまずに、もう聞き流すことにする。

三人で追加オーダーした料理を囲んで、瀬理町が発展するためには何が必要かということや、他の町の活性化対策とその成功例について話しながら飲んだ。

「瀬理町って、自然豊かですごくいいところなんだけど、『これ』っていう強烈なウリがないんだよね。今から特産品や名物をつくるとしても、結果が出せるのに何年かかるか分からない」

「もともと地産地消の意識が高くて、自分たちが食べられる分があればいいってスタンスで生活している町民が多いから、商売っ気があまりなくてのんびりしてるんだ」

水波と久東の言葉に、旺介が「地域性ってやつですかね」とうなずく。

「少子高齢化に歯止めをかけるためには、若い働き手、若い世帯が増えなきゃならない。だからIターン・Uターンする若い世代の雇用の確保が不可欠だ。今、瀬理にいる子どもたちが、将来たとえ都会に進学しても、ここへ帰ってきたいと思うふるさとにしないと」

そう語る久東にも三歳の息子がいて、子どもたちの現在の教育環境も未来も、決して他人事ではない。

久東の瀬理町への思いは、町長就任当初から、いや、それよりもっと前から一貫している。これまでも空き家をリノベーションして宿泊施設として利用することや、林業とタッグを組んだ人材育成、田舎体験をとおして瀬理町を知ってもらうなどの『瀬理町創生総合戦略』を行ってきた。その中には、無用の長物となっている保養所や利用価値のない有地の売却なども含まれている。新しいことを始めるためには資金も必要だからだ。

「JAと組んで椎茸(しいたけ)の原木のオーナー制度、アニメの舞台や映画のロケ地として売り込むっていうような新しいアイデアが役場職員からも出されて、今度の定例会で提案するつもりだが」

水波も久東と一緒に唸(うな)った。

アイデアのいくつかを立案するところまでは来ているが、おそらく起死回生の起爆剤とはなり得ない。

そのとき旺介が「あの……」と声を上げた。

「子どもたちの未来のために、若者や若い世帯の移住を見込むとか期待するっていう理想論から、一旦(いったん)離れてみる、とか」

旺介からの提案に、久東も水波も瞠目(どうもく)する。

「それはどういうこと？」

久東は目をまばたかせて、旺介に問いかけた。

「瀬理町はのんびり暮らすにはいい町だけど、若者世代の移住を期待しても、どっと増えるっていうのはかなり難しいことだから、親世代やそのもっと上の世代が住みよい、高齢者優先・高齢者優遇の町にするってことに切り替えたほうがいいんじゃないかなって」

「高齢者優遇？　若者が減って、先細る一方だ」

久東の言うとおり、少子高齢化の問題は解決しない。水波はふたりの会話の行方を見守った。

すると旺介はスマホを取りだして「他の県の地方自治体の話ではあるんですけど……」と何かを検索し始めた。

「水波さんとあちこちデートするようになって、地方の町がどういう対策を打ち出してるか、成功例や失敗例を含めて情報を集めてるんです。ローカル局のアナウンサーとして、地方のそういう問題についても知っておきたいので」

旺介がそんな前置きをして、話を始める。

「国の仕組みや行政に頼ることなく、民間企業と連携し介護保険外サービスを創出して、成功してる町があるんですよ」

久東は「介護保険外サービス？」と身を乗り出し、「それはどういう？」と先を促した。

「高齢者を介護するというより自立を支援するって考え方で、高齢者向けのサービスを提供する施設を開設したんです。送迎バス付きでワークショップの開催、温泉やカラオケもある。もちろん要介護者については従来どおり老人ホームや充分な設備を設けたケアハウスでの支援を行うけど、元気なお年寄り向けのデイサービスを充実させて利用してもらおう、というコンセプトです」

「介護保険を使ってない元気なお年寄りなら、瀬理にもいっぱいいる……」

水波がぽつりとつぶやくと、久東も顔色を変えた。

「そうなんですよ、いるんですよ元気なお年寄りもたくさん。つい『介護保険イコールひとりでは動けないお年寄り』って結びつけがちだけど」

たしかに、水波の周りにいる佐野さん、谷さんたちも、介護保険適用となる六十五歳以上だが、元気で若々しい。介護保険を使わないことを誇っている人もいるくらいだ。

「つまり……介護保険認定外の高齢者が楽しめるサービスを充実させることで、そこで働く若者の雇用にもつなげるってことか」

久東の閃き（ひらめ）に、旺介が「はい、逆転の発想です」とうなずいた。

「介護保険の盲点だな。瀬理にはデイサービスの施設はあるが要介護の老人ホームがない。そのサービスを従来型の老人ホームやケアハウスで行えれば、いつか要介護となっても安心できるな……」

そうつぶやく久東は気持ちが昂（たかぶ）っているのか、組んだ腕にさっきから何度も力を込めている。

久東の言うように、遠くの知らない老人ホームなどにお世話になるより、慣れ親しんだ場所、よく知る友だちがいる地元にそういう施設があれば、高齢者にとってもうれしいだろう。

若い世代の働く場所が確保され、高齢者も幸せに暮らせる町がつくれたら、どんなにいいだろうか。

「わ……鳥肌立った」

水波は自分の腕をさすって、目をまばたかせた。

「でも、それを実現させるためには、介護保険外サービスを創出しなければならないんです」

旺介の言うとおり、超えないといけないハードルはきっと山ほどあるのだろうが、実現できればこれまでになく町を盛り立てる素晴らしいものになる気がするのだ。

「大学時代の友人が、介護サービスの会社を任されてる。商社で投資と事業推進を担当しているやつもいる。何かいいアイデアや、伝手（つて）を紹介してくれるかもしれない」

「持つべきものは友ってやつですね」

久東が考えを巡らせるのを、水波も固唾を呑んで見守った。

「行政に頼らず、公共事業の枠組みを使わずにそれが実現できたら……」

久東は口元に手をあて、苦い顔をした。

「……公共事業にしないとなると古参議員が反対する……それも瀬理町にむかしからあるひとつのハードルなんですよね？」

ずばり言い当てた旺介に、久東は片方の眉を吊り上げる。

「瀬理の山には公共事業で太ったタヌキがいると、報道の記者の間でも有名な話だそうです」

名前こそ出さないものの、旺介はタヌキこと渡貫正史のことを言っているのだ。

苦々しい空気に満ちて、三人は無言でそれぞれのジョッキを呷った。

やがて久東が顔を上げ、ひとつ息をつく。

「市内から高速道路を経由したバイパス、名古屋までのバイパスを通し、国道を整備して、山の中の孤島と呼ばれていた瀬理を変えた立役者だ。高齢者たちも感謝してる。俺だって、そのおかげで町を出て高校へも行けた。でも、もう何十年もそうやって公共事業だんごを食ってきた、その体質は変えないといけない」

強い信念で、そこだけは譲れないと、久東は町長就任当初から考えを変えていない。

「変えられると思う。蓮くんなら」

水波はこぶしを握って、久東を強く見つめた。久東も水波を見つめ返す。

「僕と同じ世代の職員たち……蓮くんが町長選挙に立候補したとき応援に奔走した人たちは、みんな同じ気持ちだと思う。タヌキだけじゃない、その周りで甘い汁を吸ってる人間がいっぱいいる。でも、負けないでほしい。僕も、僕ができる方法で応援するから」

行政担当の職員は別にいるけれど、水波は声がかかればなんでも手伝うフレキシブルなポジションだ。どんなかたちでも、手伝えることはある。

水波が久東とうなずきあうその横顔を、旺介が見つめていた。

「中央に顔の利く政治家と懇意にしてるという噂もありますね」

旺介も瀬理町と関わるようになったことで、そういう情報を耳にしたのだろう。

「それって、階堂くんのところのテレビ局内だけにとどまってる噂じゃないよね」

「そりゃあ報道も横でつながってますから。テレビ関係者だけじゃなくて地元の新聞社の記者も、ネタとしては持ってるんじゃないですかね」

「じゃあ、なんでおもてに出ないんだろ」

水波が不可解さに顔をしかめると、旺介がぼそっと「握りつぶされてる可能性、とか?」とつぶやいたので、背筋がひゅっと寒くなる。

「だからその『中央に顔の利く政治家』をあぶり出して公にすることを念頭に置くのは得策じゃないんでしょうけど、ちょっと調べてネタを握っておけば、ここぞというときにカードとして使えるかもしれないですよ」

旺介が知らん顔でジョッキのサワーを飲みほし、店員に「おかわりお願いします」と掲げる。

「……ここぞというとき」

久東が小さく繰り返した。旺介は静かにうなずき、少し前屈(まえかが)みになる。

「本会議で町長の不信任案を出されて可決されたら、元も子もないです」

瀬理町の若手職員たちも、それを危惧(きぐ)していた。

「アナウンサーという立場で、談合や癒着なんていう噂話を耳にしたり、報道側から情報を貰(もら)うことはできるけど、タヌキと政治家がつながってるっていう証拠まではさすがに摑(つか)めないですし、流せもしないです……申し訳ないですが」

「うん、これは瀬理町の問題だから、階堂くんはそんなことまで気に病まなくていいよ。でも、ありがとう。きみのおかげで地方創生に光明が見いだせそうだ」

久東に礼を告げられ、旺介は「いえ」と恐縮する。

「わたしが考えたことではなく、見聞きしたことを伝えているだけです」

アナウンサーとして正しい情報、ジャンルを問わず様々な情報を知りたいという気持ちから、旺介は行動したはずだ。

旺介がアナウンサーを目指した理由——声と言葉で、人に的確で有益な情報を伝える仕事がしたい——という思いが彼の中にもともとあるから。「情報を受け取った視聴者がよい結果を導き出せるような発信力のあるアナウンサーになりたい」とも語っていた。

いつも陽気で「水波さぁん」なんて犬系男子の要素ばかり目につくし、バラエティ色が強い番組に出ていることが多いが、旺介のアナウンサーとしての信念とプライドをこの日いちばん見た気がして、水波は胸が熱くなった。


久東は先に帰宅し、その三十分後に水波も旺介と一緒に居酒屋を出た。

「あれっ……そういえば、階堂くんはここまでどうやって来た?」

居酒屋の暖簾(のれん)をくぐって水波はとなりの旺介を見上げる。気になっていたのに、訊くのをすっかり忘れていた。

「車です」

「誰かに送ってもらったのかなって」

「俺の車です」

「え?」

旺介が指さした先、居酒屋の横にあるコインパーキングに白のコンパクトカーが一台、停車している。

「車? 買ったの? え? 免許を取ったのっ?」

「取りました。車も買いました」

「まじで！　えー、びっくり。そんなことぜんぜん言ってなかっただろ」

いつから教習所に通っていたのかと確認すると、一月からとのことだ。

『仕事が忙しい』を言い訳にしてたらいつまでも免許なんて取れないから。水波さんを驚かせようと思って黙ってた。最初に水波さんに見せたかったし、乗ってもらおうかなって。まぁ、今日はもう飲んじゃったから無理ですけど」

「乗るって、僕が助手席にってこと？」

「運転してもらってもいいですよ。とりあえず、一緒にドライブ行けたらなって」

水波は「へ〜」と感嘆しつつ車に近付いて、中を覗き込む。ぴかぴかの新車だ。

「瀬理に来るたびに、水波さんに駅まで迎えに来てもらってましたけど、これでいつでも時間を気にせずに来れます」

「うん、田舎は車があったほうが便利だよ」

水波が旺介に目線を戻すと、旺介は「……それはまぁ、そうですけど」と不満そうに答える。

水波は首を傾げた。何かおかしなことを言っただろうか。

気のせいかと思っていたが、居酒屋で久東が先に帰ったあと辺りから、なんだか旺介の機嫌が悪そうなのだ。でも心当たりはなく、気のせいかもしれないし、と問題をあとまわしにする。

今日はふたりとも飲んでいるので、ここに駐車して帰ることにした。夜間に停めっぱなしにしても、たいした駐車料金にならない。

「うちに泊まってくつもりで来てるよね」

「はい」

夜の闇に紛れて、旺介の表情があまり見えないが、やっぱり声に少し元気がない気がする。

「タクシー、捕まえますか」

ふいに旺介から手を摑まれ、水波は「え？」と声にならない声を上げた。

旺介は水波の手を引いたまま、たまたま走ってきたタクシーに向かって手をあげる。

――なんで？　なんで手をつないでるんだろ。

訳が分からないまま、ひきずられるようにして旺介に続いてタクシーに乗り込んだ。

運転手に行き先を告げ、つなぎっぱなしだった手を水波のほうから放してもらった瞬間、後部座席のシートに横並びの旺介と視線が絡んだ。でもすぐにふいと顔を前に向ける。

――ほんとにどうしたんだろ。酔ってるだけ？

ほどなくして自宅前にタクシーが到着した。

旺介を家の中に招き入れ、「酔ってるしシャワーでいいかな。お風呂の準備するから、ちょっと待ってて」とばたばたと家の中を動き回る。

自宅の風呂に家族以外の人が入るのははじめてかもしれない。

「下着と着替えは持ってきました」

ぼんやりそんなことを考えていたら旺介が背後に立っていて、水波はびくっと肩を跳ねさせた。いつまで経っても、旺介との距離感に慣れない。

「じゃあ、タオルはこの辺、使って。飲んでるから長湯しないように。風呂上がりに、二次会やる？」

水波が訊くと、旺介は「はい」とうなずいた。

機嫌が悪そうなのは気のせい、ということにして、水波は二次会の準備をした。

やきとり居酒屋でけっこう食べたので、軽くつまめるものがあればいいはずだ。野菜スティックやナッツ、貰い物のビン詰めの珍味も開封すればいい。

そうこうしているうちに旺介が出てきたので、「その辺つまんでて」と缶ビールを渡し、入れ替わりで手早くシャワーを浴びる。

水波が風呂から戻ると、旺介はダイニングテーブルでビールを片手にテレビを見ていた。

「階堂くんはビールおかわりする？　他のがいいなら作るよ。カンパリ、カルーアもあるしハイボールも作れる。あとは梅酒ソーダとか。梅酒は僕が作ったやつ」

「水波さんが作った梅酒？　へぇ……じゃあそれにします。ソーダ割りで」

「僕も梅酒ソーダにしよう。五月末ごろから青梅が出てくるから、また作らなきゃなぁ」

水波が台所に立って梅酒の瓶の蓋（ふた）を開けると、旺介がとなりに並ぶ。旺介が瓶に顔を近付け、梅酒のにおいを嗅ぎ「梅酒を作ってる男の人にはじめて会った」とほほえんだ。

たしかに、おかあさんやおばあちゃんが作っているイメージがある。

「梅シロップとか甘酢漬けとか、まとめて作るんだ。シロップのほうはジュースやゼリーにして、甘酢漬けは茗荷(みょうが)やきゅうりと和(あ)えればさっぱりしておいしい」

旺介にじっと見つめられて、「ん？」と問いかけた。

「水波さんは春夏秋冬を楽しんで生きてるね」

「あぁ……そうだね。その季節に採れるものを使って、食べるって、むかしの人たちはきっと当たり前にやってたことなんだろうけど」

春は梅の他にグミやいちご、夏は桃やいちじく、秋は芋と栗(くり)と銀杏(ぎんなん)、冬はみかんときんかん。

「俺も……水波さんと季節を楽しみたいな」

「免許も車も持ったしね」

梅酒をソーダで割り、旺介に「どうぞ」とグラスのひとつを渡す。

ダイニングテーブルに向かい合って座り、水波は楽しみにしていた今日の生中継の録画を再生した。旺介のフラメンコが想像どおりおもしろくて、肩を震わせて笑ってしまう。

「僕が知ってる階堂くんって、いつもはどっちかというとこういう三枚目なキャラだから、今日、蓮くんと熱く語るときの顔つきがぜんぜんちがってて、僕はちょっと胸熱だった」

どきどきしたし、自分たちと一緒に瀬理町のことを想ってくれることがうれしかった。

「……そんな、かっこいいものじゃないです。……俺は、ムキになってただけ」

何に対してだろうか。

肘をついてテレビ画面を見ていた旺介が、そのポーズのまま水波を見つめてくる。

すると旺介が身体をまっすぐに起こしてあらたまった顔をするので、水波はいやな予感がして密かに唾を飲んだ。

「水波さん、Ｖｌｏｇも仕事も一生懸命で、休みの日もそのためにあちこち行ってるじゃないですか。そんなふうに水波さんががんばるのって、やっぱり久東町長のためなんですか？」

「……久東町長のためでもあるし、ひいては瀬理町のためになるって思ってる」

素直に正直に、自分が日頃抱いている思いを話した。

すると旺介は伏し目がちでぐっとくちびるを引き結び、何かを考え込むような表情になる。

どうしたんだろう、と水波が様子を窺っていると、やがて旺介が顔を上げた。

「水波さんがちゃんと恋をしてこなかったのも、恋をあきらめてるのも、本当は久東町長のことが、いまだに好きだからじゃないんですか？」

「え……？」

旺介はまっすぐに水波を見据えている。

「久東町長のためにがんばってる、さっき水波さんもそう言ったじゃないですか」

もしかして恋心なんて私情のために、仕事をやっていると思われているのだろうか。

たしかに今の自分があるのは久東のおかげだ。だからこそがんばりたいとも思う。

「好きって伝えてもいないから、ちゃんとふられてもいない。水波さんの中で終わってない」

「それはちがう。伝えて終わらせることが正しいとも思ってない」

玉砕覚悟で想いを伝えて、自分はそれでもいいかもしれない。でもこの小さな町で生きていくのは自分だけじゃないのだ。何度思い返しても、これでよかったのだと思うし、告白しなかったことを後悔したことはない。

「そもそも、今も蓮くんのことを好きとか、そういうんじゃないし」

町長のためにがんばっているが、好きな人のためにがんばっているわけじゃない。

「僕が……仕事に私情を挟んだ上で、そのためにがんばってるんだろって、きみは言ってるんだよね……ひどいな……」

仕事や瀬理町に対する思いを旺介は理解してくれていると感じていたが、自分のかんちがいだったのだろうか。分かってくれていると思っていたから、悲しいし腹も立つ。腹が立つというよりも、ショックだった。相手が旺介だからよけいに。

――そういう階堂くんだって本当は、将来フリーになって東京キー局に入り込むチャンスを狙(ねら)ってるんじゃないの？　今はローカルだけどがんばってるのはそのためなんじゃないの？

今日、同僚から得た都落ちの話をもとに、水波が勝手にしている憶測だ。売り言葉に買い言葉だとしてもひどすぎる妄想だし、そうなんじゃないの、なんて訊けない。

水波はついに言葉をなくして俯(うつむ)いた。

「……ごめんなさい、水波さん。それは言いすぎました」

言いすぎたその言葉は、でも彼の本心ではないだろうか。

「でも、水波さんが『恋愛はもういい』って言ってしまうのは、久東町長のことをあきらめきれてないからじゃないですか？　久東町長には奥さんも子どももいるから、あなたの理性と良心で引き下がるしかないだけで」

旺介の言う仮説に、水波はたまらず苦笑いした。彼の中で『水波が今でも初恋の人を好きでいる』と確定しているらしい。

「今日の僕と、久東町長のことを見て、そう感じたってこと？」

「今日もだけど、以前から久東町長も水波さんのことは特別にかわいがってる気がしてた。そういう空気感の中にずっといて、初恋の人に対する想いが本当になくなりますか？　水波さんが気持ちを押し殺してるだけな気がして」

水波は「その説はどうしても揺らがないんだな」と呆れるように笑った。

「もしそうだったとしても、なんで階堂くんがそこまでこだわって、こんなふうに僕が責められなきゃならないの」

「俺が水波さんを好きだからです」

応酬の最中、間髪を容れず返されたのが告白だったと気付くのに水波は少し時間がかかった。

「……え？」

旺介自身も、想いを伝えてしまったことに驚いているようで、眸をうろうろと落ち着かなくさせ、最後にため息をついている。

こんな最悪の空気の中で、好きと言われても、その言葉が頭に入ってこない。

沈黙していた旺介はひとつ息をついて、目線を上げ、水波を見つめた。

「水波さんはこの先も一生、あの人にふられることはない。あの久東町長がライバルなんて、勝ち目ないじゃないですか。焦るんです。男としても、あの人にぜったいかなわないと思うし」

旺介は悔しそうな顔で俯くが、彼が上や下にこだわりがちな性格だということもよく知っているから、好きだと告白したわりにその表情になる意味がなんとなく察せられる。

「それって恋愛感情じゃなくて、男のプライドの話だろ」

東京と地方、町長と一市民、幼なじみとつきあって半年の友人。闘って勝てないと、悔しいと闘争心を燃やす。そんなものが、恋なんかであるはずがない。

水波の指摘に旺介ははっとした顔をして、やがて沈黙した。

言い返す言葉がない様子の旺介に、今度は水波が小さくため息をつく。

「男のプライドの話に、僕を巻き込まないでくれるかな。こっちはゲイなんだよ。好きなんて言われたらうっかり動揺する」

水波は自分の想いを旺介に知られたくない一心で、そんな言い方をした。

「そんな告白、聞きたくない。その『好き』こそ、かんちがいじゃないの。たまたま最近、階堂くんの近くにいたのが僕だったから」

本当に言いたいことは他にあるが、自分の中の勝手な妄想を追及の材料に使いたくない。

「…………」

旺介は口を引き結ぶだけで、何も言い返してこない。それはちがうと言い返すだけの根拠が彼の中にない証拠のように思えた。

「二度とそんな簡単に、言わないで。勢いとか、いっときの感情で言う『好き』なんて、ぜったいあとから後悔する。僕は聞かなかったことにするから」

それは自分のためにも、旺介からの告白を喜んではいけないという戒めでもあった。

□ 7 □

三月第二週に行われる定例会まであと一週間となり、久東は新しい改革案を議会で提案するために奔走している。

行政に頼ることなく介護保険外サービスを創出し成功している自治体へ視察に出向いたり、知恵を貸してくれそうな友人や伝手を頼って東京と瀬理を往復したりという多忙な日々だ。

それを総務課とふるさと振興課が主体となり、役場全体でバックアップすることになった。

水波もプレゼン用の資料を集め、データを揃えるなど、頼まれた仕事をするために、平日はもちろん土曜も毎日深夜まで庁舎内に詰めている。

寝てもなんとなく疲れが抜けきっていない心地で起床すると、水波のベッドの中から瞳孔開き気味のシュールなうさぎが出てきた。ぬいぐるみを抱いて寝る趣味はないが、夜中に目が合わないようにベッドの中に引きずり込んで以来ずっと共寝が続いている。

うさぎは縁側に置いたミニチュアに「庭でも見てな」と座らせた。

今朝はＶｌｏｇ用に、『田舎で暮らす独身男性の休日、朝のルーティーン』を撮影する。

朝食を作り、のんびりと過ごしたあと、部屋と庭の掃除――そんな動画撮影を終え、水波は縁側でひとり佇む(たたず)シュールなうさぎのうしろ姿を見遣(みや)った。

旺介がこの家を訪ねたのは片手ほどの回数なのに、そのときの記憶は濃く鮮明で、今ここに彼がいないことをさみしいと思ってしまう。

毎日ＬＩＮＥメッセージをくれていたのに、あの日からぱったりと途絶えた。

泊まった翌朝、よそよそしい空気のまま旺介をコインパーキングに送り届けたのが最後。仕事が忙しいのを自分の中の言い訳にして、水波も何も送っていない。実際忙しいので、日中は旺介のことを考える暇もないのだが。

――好きだなんて、やっぱりかんちがいだったんだろうな。

久東に男としての対抗心を燃やして、それを嫉妬(しっと)か何かとかんちがいしたのだろう。

――いっそ……彼のかんちがいに、のっかってしまえばよかったのかな。

水波の中の弱虫がそう誘惑する。

疑心暗鬼を撥(は)ねのけ、旺介の気持ちが本物なのかなんて確認はあとまわしにして、僕も好きですと応えてしまえば、とにかく身体をつなげてしまえば……。

――心なんてあとから追いつく、って？　それじゃあ、東京にいた頃と何も変わらない。

水波にとって、旺介はそういうふうにしたくないと思うほど、たいせつな存在だ。

でも友だちに戻るのも、もう難しいのだろうか。

旺介に告白する気はなかったし、休みのたびに『遊ぼうよ』なんてふざけたイラストのスタンプで誘ってもらえるような、そんなラフな関係が楽しかった。満足していた。これからもこういうつきあいが続けばいいなと思っていた。

——いつか旺介にも恋人ができるだろうから、永遠に続くわけはないだろうけどさ。

数年後にそういう未来が来たら、そのときは……。

——そのときは……どうするんだろう。

想像しようとして、いつも失敗する。想像することを頭と心が拒否するからだ。

水波の中の弱虫は『満足していたなんて嘘つきだな』と腹を抱えて笑う。水波にとって都合のいい『旺介』を捏造(ねつぞう)して、もう何度も自慰をしていることをよく知っているからだ。

「……きもちわる」

ぽつりとつぶやいた。

自慰を悪いことだとは思わないが、近くにいる人を歪曲(わいきょく)して利用しているのがうしろめたく、罪悪感を伴う。友だちでいいなんていい子ぶって、自分で自分をごまかそうとしていることも気持ち悪いのだ。

連日、遅くまで庁舎に残って改革案の骨子策定に向けて取り組み、議会への説明のリハーサルも入念に行った。久東が明日の定例会で提案するのは『介護保険と介護保険外サービスを融合させた、高齢者優先の町づくり改革案』だ。

瀬理町には要介護の老人ホームがない。在宅介護サービスで対応できない場合、他の市町村にある要介護施設への転出を余儀なくされる。そこで、介護保険適用外の高齢者も適用内の高齢者にも、この瀬理町を終の棲家としてもらうべく、デイサービス併設の介護付き有料老人ホームの開設を提案するという内容だ。

併設案は久東が瀬理町の現状を踏まえて提案するもので、旺介からもたらされた『行政に頼ることなく介護保険外サービスを創出した自治体』から着想を得ている。

もちろん瀬理町だけで予算を捻出できるわけはなく、融資してくれる銀行、介護事業として出資・運営してくれる民間事業者などと自治体がタッグを組むことが基本だ。

役場内でこの草案に関わった職員らはみな「これ、うまくいけばけっこういいところまでいけるんじゃないか?」という明るいムードになっていることが、水波もうれしい。

「ただ……タヌキが民間に任せるって部分に嚙みついてくるだろうな」

「想像に難くない。でも高齢者優先の案って部分を、なんとか汲み取ってくれればいいんだけどな……」

唸る職員らの傍で、水波も同じ懸念を抱いて沈黙する。

そのとき、水波のスマホにLINEメッセージが届いた。旺介からだ。

どきっとしつつ、トーク画面を開いてメッセージを読み、水波は顔を上げた。

日没を過ぎて暗い庁舎の駐車場に、車が一台停まっている。旺介の車だ。

水波は庁舎を出て、旺介の車のもとへ向かった。旺介も運転席から降りてくる。

「水波さん」

久しぶりに傍で見る旺介の姿と、声に、胸がどっと鳴り、身体が熱くなった。言い合いになったあげくに旺介の告白を突っぱねて以降、ＬＩＮＥメッセージが途絶え、テレビ画面越しに一方的に見るだけだったのだ。

ケンカのあとはじめて会うので、向き合うと不自然に沈黙して気まずい空気が漂った。それは旺介も同じようで、表情がいつになく硬い。

——そのうち……もとの友だちに戻れるのかな。

水波としては、旺介をきらいになったわけじゃないのだ。普通にしなければという気持ちで、水波は「久しぶり」と口元に笑みを浮かべるが、旺介は顔をこわばらせている。

「こんばんは。今日も遅くなるんですか？」

水波は「え……？」と驚いた。なぜ旺介が、このところ帰りが遅いことを知っているのか。

不思議がる水波に、旺介がその理由を説明してくれた。

「久東町長から聞いてます。水波さんや職員のみなさんが『毎日遅くまでがんばってくれてる』って。あの居酒屋で、三人で話した内容をベースにして改革案の骨子をまとめることにしたと、久東町長から連絡をいただいたんです」

「あ……そうだったんだ」

久東からはそんな話は聞いていない。久東は旺介からもたらされた情報をもとにして改革案をまとめたので、そのお礼を直接言いたかったのだろう。

「あの……これ、差し入れのおにぎりです。作業しながらでも、食べやすいかと」

そう説明されて袋を渡された。ほんのりあたたかい。

「……わざわざ、これを……？」

車とはいえ一時間もかけて来てくれるなんて、と思う。

旺介の表情は緊張したままだ。

「差し入れは、口実というか……。水波さんが職員さんたちと毎日遅くまでがんばってるって聞いたので、俺もそれを応援したくて。あの日、ひどいことを言ってしまって……すみません」

水波が久東への恋愛感情で仕事をしている――ケンカの原因になったことを詫(わ)びて応援の気持ちを伝えるために来てくれたということらしい。

水波は旺介の謝罪にはただうなずき、「ありがとう」とほほえんだ。すると旺介もようやくほっとした表情で薄く笑う。

「それと、水波さんにどうしても報告したいことがあって。俺、テレビ局を代表して東京のバラエティ番組に出たんです」

「えっ……ほんとに？」

東京の番組に出演する——それは旺介が年末に『来年の抱負』として掲げた目標だ。夢だとも話していた。

「系列各局の新人アナとして、今年は女子アナだけじゃなくて男性アナもってことになって。時代でしょうね」

「すごい……あのときの目標をもう達成したんだ」

「その放送がこのあと十九時からなんですけど……」

水波は「えっ」と顔色を変え、庁舎の駐車場に立つ時計を見上げた。あと十五分だ。

「なんで早くおしえてくれないんだよ！」

思わず怒ってしまった。だって、そんなたいせつな瞬間を録画できないなんてひどすぎる。

番組の予告映像でがんがん流れていたのかもしれないが、このところテレビなんか見る余裕もなかったのでまったく知らなかった。

「まぁ、でも出演できたことをこうして報告できたので」

「ちがう、ちゃんと……僕は自分の目で見たい。きみの夢が、目標が、叶った瞬間なのに」

好きな人なのだ。推しの番組出演を見逃したくないし録画失敗なんてした日には落胆する、アイドルおたくと同じ心境でもある。

本気で怒って、しまいには落ち込んでいる水波に、旺介は少々困惑している。

「ＤＶＤにして渡しましょうか……？」

「そういうことじゃない……けど、それは、あるなら、欲しい」

関係者のわがままをどこまで言っていいのか分からないが、許される権利なら行使したい。

すると旺介は少し笑って「分かりました。俺が貰う分を、回します」とうなずいてくれたので、しぶしぶ納得する。

「……今すぐ家に帰って見たいくらいだけど……貰えるまで我慢する」

すると旺介が不思議そうな顔つきで、水波の表情を窺ってきた。旺介のことで怒ったり落ち込んだり忙(せわ)しない自分の反応は、『友だち』の域を超えていただろうか。

水波は今さら自分の態度を冷静に振り返ってうろたえた。羞恥(しゅうち)で耳まで赤くなっている気がするが、辺りが暗いからバレてなければいい。

「水波さん……あの……俺……」

旺介が何か言いかけたとき、庁舎のほうから「水波ー、待ってたデータ来てるぞ」と職員の声が聞こえた。

「……あ、すみません。仕事忙しいですよね。俺は、これで」

自分の用事をすませたら帰ろうとする旺介を、水波は思わず「あっ……」と引きとめてしまった。あの日の告白だけを旺介がなかったことにしていることが気になるからだ。

——ここで僕からその話題にふれるのは、だめだよな。

自分が突っぱねておいて、何をどう訊くというのか。

——『僕を好きなんて言ったけど、やっぱりかんちがいだった?』って?

訊けるわけがない。このかんじだと、その答えは「イエス」だ。なかったことにすることで、旺介は『これまでどおりに変わらない関係』としてつきあってくれる。

「……あの……差し入れ、ありがとう。みんなにも、久東町長にも伝える」

だから、水波は受け取った袋を掲げて、そんなふうにごまかした。

「いえ、他の職員さんたちから『アナウンサーがなんで?』って、いろいろ訊かれて水波さんが説明に困るでしょうし、みなさんのがんばりを応援してる一市民、でいいです。定例会が終わる頃に、また、連絡します」

そう言って立ち去る旺介に、水波は最後にもう一度「ありがとう」と礼を伝えた。

旺介の車が瀬理町役場の敷地から出ていくのを見送り、あたたかいおにぎりの袋を抱えて庁舎へ戻る。

水波が戻るとちょうど庁舎の中は「一回休憩して、弁当か何か買ってくるかぁ」という雰囲気になっていた。

「あ、あの! 友人が差し入れを持ってきてくれたんで、みなさん、これを食べながら少し休憩しませんか?」

これ幸いと、水波は庁舎内のテレビの電源を入れた。

あとからＤＶＤで見られるとはいえ、やはり放送にのった瞬間を見守りたいのだ。

水波はチャンネルを合わせた。ちょうど番組がスタートしたところだ。他の職員たちは差し入れのおにぎりに群がっており、テレビには注目していない。

「水波は？　どれ食う？　おまえが貰ったやつなんだし、先に選べば？」

「余ったのでいいです」

おにぎりの具より旺介がはじめて出演した東京の番組を見ることのほうがだいじだ。

北は北海道から南は沖縄までの男女の新人アナが集結している。カメラワークが早すぎて、なかなか旺介を見つけきれない。録画じゃないから、一時停止をして探せないことに、水波はひとりで焦れた。

北海道のテレビ局から順にアナウンサーの顔と名前が映し出され、水波はどきどきしながら岐阜の順番が来るのを待った。ちょうどほかの職員らもテレビの近くに集まってくる。

「水波、何見てるん。そんな気になるかこれ？」

季節の変わり目によくあるタイプのバラエティ番組だ。

水波があんまり真剣に見ているために佐木田に問われ、「まぁ、うん」と答えた。

水波と旺介が今のように親しい関係であることを認知しているのは久東くらいで、他の職員は、旺介がときどきＹｏｕＴｕｂｅ動画の撮影を手伝ってくれていることだって知らない。

画面に旺介の顔が映った。緊張している様子もなく、なめらかに喋っている。バラエティ番組に日頃出演していて、こういう雰囲気には慣れているおかげかもしれない。

旺介が『東京のテレビに出演する』という目標を早々にも達成し、もしもその先に、東京キー局で活躍するアナウンサーになることを最たる目標に据えているなら、それはまちがったことじゃないし、友だちとして応援するしかない。水波に引きとめる権利はない。

——階堂くん、堂々としてる。夢と目標がかなってよかった。

たくさんいるアナウンサーの中のひとりだから、カメラが抜いてくれる機会はなかなか来ない。すでに収録は終わっているはずなのに、水波は心の中で「がんばれ！」と応援した。


その翌日、改革案の骨子を定例会に提出し、提案がなされた。

水波は役場職員として議会を傍聴し、はらはらとした気持ちで見守った。

渡貫の表情は傍聴席側にいる水波からは見えないが、いつもの厳然たる態度なのは伝わる。

町長による改革案の説明に町議員十名のうちの多くは好意的な反応を見せたが、やはり懸念のとおり、渡貫の発言で議場の雰囲気は一変した。

「高齢者優先の町づくりですか……今後ますます高齢化する情勢を踏まえてのそのお考えはじつに素晴らしいが。行政が特定の企業、事業者と組むなんてそんなタブーを犯して、久東町長は地元の会社を、瀬理町民を切り捨てるおつもりですか」

好意的な反応を示した議員らも、渡貫のその言葉で貝のように黙ってしまった。

さらに「わたしのように邪魔でうるさい老人を投獄するための施設では」「令和の姥捨山をつくるような政策」と批判に批判を重ねたのだ。センセーショナルな言葉を使って、久東町長があたかも高齢者優遇という言葉で矯飾して邪魔者を排除するつもりだ、という話にすり替えようとしている。

ちゃんと久東の話を聞いていれば、そういう解釈にはならないはずで、言いがかりもはなはだしい反論だった。

「もちろん、地元企業を切り捨てたりなどいたしません。可能な限り地元の会社を使ってもらえるよう、それを前提に交渉していきます」

「久東町長……確約のない話をあてにしろ、でも『議会で新規事業の承認を得るために賛成だけはしてほしい』とは、ずいぶんムシのいい話だと思いますがね。議員報酬削減の話にしても、どうも……我々のような高齢の古参議員を目の敵にしているような気がしてなりませんよ」

渡貫が反対意見を主張することも想定していたとはいえ、高齢者優先の話に多少は理解を示してくれるのでは、という甘い目算もあった。

久東は議会内で、ひとりで闘っている状態だ。それでも必死に、久東は伝えるための言葉を繰り出す。議事の可否は出席議員の過半数で決定されるのだ。

「瀬理町にとって今や……公共事業で受ける恩恵は、いっときゼネコンを食わせるだけ、その場凌(しの)ぎの麻薬のようなものです。麻薬はいつか瀬理をぼろぼろにする。これまで瀬理を支えてくださった皆様や、高齢者のため、そして未来ある子どもたちのためになる政策を推し進めたい、それだけです！」

久東が語った本音に、議会はしんと静まった。言葉が届くように、水波も職員らも、息を殺して見守る。

そんな緊張感に充ちた中で響いた渡貫の返答が、今後を暗示するものとなった。

「公共事業が麻薬のようなものだとは……我々をまるで麻薬中毒者と罵倒(ばとう)するに等しい問題発言。日本中の地方自治体も呆れる暴言だと思いますよ。聞き捨てなりませんね。そこまでおっしゃるなら、我々にも考えがある」

町長の不信任決議案をちらつかせる渡貫に、久東が「これまでの公共事業のすべてが、そういうものだったとは申し上げていない！」と語気を強めて訴える。

中には何かものを言いたげにしている中堅議員もちらほらいるが、渡貫の手前、声を上げられないようだ。

議会は紛糾し、議論は次回に持ち越された。

「やばいな。これ不信任案の流れだろ」

本会議後、傍聴席側にいた職員も議場から退出し、担当課に戻る途中でそんな話をする。

不信任決議案は首長に対する最終兵器だ。議員数の三分の二以上が出席し、四分の三以上の者の同意があれば不信任が議決される。

「署名を集めて、次の定例会で不信任案を提出されたら……」

「可決されれば、議会の解散か、十日経っても解散しない場合には首長は失職。議員選挙後、再び不信任決議案が提出されたら、次は出席議員の過半数で可決し失職する。泥仕合だな」

「でも久東町長を辞めさせたところで、この町には他に町長候補なんていないだろ」

総務課とふるさと振興課の職員の話をそのうしろに続いて聞き、水波は歯を食いしばった。

「そんなの、渡貫がどこか他所（よそ）から持ってきて頭だけすげ替えるかもしれんよ。学歴と経歴は立派な、瀬理になんの思い入れもないお飾り首長さんとかな」

最悪の仮説に、みなそれぞれにため息をついている。水波は悔しい気持ちでそれを聞いていたが、もう居ても立ってもいられない心境だ。

「町議員ひとりひとりと、もう少し話ができないかな。渡貫さんがいるところだと、誰も何も言えずに口を噤んでしまう」

水波の提案にふるさと振興課の職員が「結局決めるのは議会の場だから、無駄じゃない？」と自身の席に座りながら返した。

水波も言葉をなくす。ため息とともに、水波が席についたとき、テレビからニュース速報が流れてきた。

『衆議院解散、総選挙へ』

庁舎内にいた職員らが速報に一斉にざわつく。

「おいおい、任期満了で総選挙じゃないのかよ……」

「町議会がごたついてるときになんなのもう。それで、衆院選はいつ？」

速報によると五日後に解散、それから数日後には公示、月末の投開票と記されている。

職員らの「勘弁して〜」という悲鳴にも似た嘆きがあちこちから聞こえてきた。定例会が終わっても、息つく間もなく選挙だ。

それから、議場から戻った久東が、議会を傍聴していた職員らの前に立った。

「みんなが連日がんばってくれたのに……うまくやれなくて、申し訳ない……」

詫びを入れる久東に、職員らはみな「いえ」と首を振る。

「久東町長はまちがったことは言ってないです」

「事業内容の如何(いかん)は関係なく、民間と組むことを阻止したいだけですよ、あっちは」

みんなが口々に擁護する中、水波も声を上げた。

「久東町長の新規事業の提案内容に好感を示している議員さんたちもいました」

だが、職員らは水波の言葉にうなずくだけだ。あきらめムードが漂っている。

「……僕たちが弱気になっちゃいけないと思う。これまでと何も変わらない……！」

変わらないどころか、この町はもっと衰退していくかもしれない。

しかし対抗するのではなくみんなが手を取りあわないと、この事業は進められないのだ。


それからなんの進展もないまま、水波はひとり、庁舎裏の中庭のベンチに腰を下ろして佇んでいた。手持ち無沙汰に、スマホの画面をスワイプさせる。

そのとき、「なんだって？」と憤る声がどこからか聞こえてきた。

なんだろう、誰だろう、と水波は辺りをきょろきょろと見渡す。話し声はひとりなので、電話中かもしれない。コミュニティーセンターの裏側から聞こえてくる。

「選挙戦にわたしの支援が必要ないとは、どういうことですか！」

聞き覚えのある声に惹きつけられるようにして、水波はそっと近付く。建物の陰から覗くと、やはりそこにいたのは渡貫だ。

電話の相手と揉めている様子なのは、渡貫の声色や口調で分かった。

数時間前にもたらされた衆院選の話題から察するに、電話の相手は渡貫と懇意にしている大物議員本人かその関係者なのかもしれない。

水波は震える手でスマホの動画撮影ボタンをタップした。動画撮影開始の「ピン」という電子音が渡貫の耳にまで届かなかったようで、そのまま通話を続けている。

「今後一切？　何を勝手なことを。殿村さん、神林先生には我々がこれまでどれだけ……！」

渡貫の口から『中央に顔の利く政治家』である県議会議員と国会議員の名前が直接語られた瞬間だ。

自分は今、正義という名の下に、人としてやってはいけない行為をしている――これも必要悪だというなら、これまでに渡貫がしてきたことと同じではないのだろうか、とも考える。

「……なんだって？　そ、そんなことを神林先生が……？　ふ、ふざけるなっ」

渡貫はわなわなと震えている。電話の相手に対する憤りが渡貫の身体の中に渦巻くのが見て取れる。

そのとき、動画撮影している画面に旺介からの着信通知が表示された。動画撮影中なので着信音は鳴らないが、足で砂利を踏んだ音が想定外に大きく響き、渡貫がはっとこちらを見る。

水波はその場から駆けだした。

顔を見られた。役場の一職員に過ぎない水波のことを、渡貫は知らないかもしれないが。

庁舎に逃げ込み、目についたトイレの個室に入って鍵をかけた。

旺介からの着信は続いている。動画撮影をとめ、水波は旺介の電話に応答した。

『水波さん、直電してすみません。定例会はもう終わってますよね？』

「うん……終わってる」

　心臓がどきどきしすぎて息が上がり、いやな汗が出ている。

『定例会のライブ配信を見たので、今日の議会の内容は分かってます。報道の人の話でも、このままだと不信任決議案が出されかねないって』

「そう……そんな空気だった」

『でも、渡貫議員は例の政治家から「用なし」と切られたみたいです。久東町長が就任してから公共事業が激減したことで、お互いに利権を行使できなくなった。次の参院選のニュース速報、出ましたよね。報道の人の話では、その選挙での票のとりまとめや根回し、政治献金についても、渡貫を切り捨て、すでに後釜（あとがま）を見つけてそちらと懇意にしているようだと』

　旺介がもたらしてくれた情報は、さっき渡貫が誰かと電話で話していた内容と一致する。

「……さっき、タヌキがそんなことを誰かと話してたのを、たまたま立ち聞きして……ど、動画、撮っちゃったんだ。それがバレて、逃げてて」

『え……動画？　今、水波さん、どこにいるんですか』

　旺介の声も焦っている。水波が「庁舎一階のトイレ」と答えたとき、トイレの入口のドアが開く音がした。

「おい、さっきの若造か……個室に逃げ込んだのか。ここの職員か。何か撮ってただろう！」

　渡貫の声に、水波は心臓が縮む心地で、スマホをぎゅっと握りしめる。スマホから『水波さん！』と叫ぶ旺介の声が響いた。

「おい、誰に電話をしてる！　ここを開けろ！」

どんどんと個室のドアが揺れるほど叩かれ、水波はびくびくと肩を竦ませる。

でもここにずっと逃げ込んでいるわけにはいかない。

渡貫と直接話すなら、今しかないとも思った。

水波はひとり静かに深呼吸し、旺介との通話を切ったのちに、個室の鍵を解錠して外に出た。

遠目だったり、瀬理町の夏祭りの最中だったり、それこそ議会でのうしろ姿なら何度も見たことはあるが、こんなふうに真正面から渡貫と対峙したことはない。

「誰だ、お前。名前を言え！」

高圧的な態度の渡貫に、水波は一度くちびるを引き結んだ。

「……瀬理町役場本庁、総務課、広報担当の保坂と申します」

「さっき、何か撮ってただろ。写真か、動画か！」

渡貫もひたいに汗が噴き出ている。逃げた水波を追って焦って探していたのだろう。

「あなたの口から県議会議員と国会議員の名前が直接語られた瞬間を、動画撮影しました」

渡貫がその憤りを顔の全面に表す。

「盗撮だ！　そんなことをして許されると思ってるのか！」

「思ってません！　でも、これをネタに、渡貫さんを脅そうとも思わない」

渡貫は「何っ？」と眉をひそめて問い返してきた。

「だって、渡貫さん、ずっと懇意にしてきた政治家に寝返られたんですよね」

水波の指摘に、渡貫が言葉を失っている。

さっき立ち聞きした内容と、旺介からの情報だけで、一か八かの勝負をするしかない。

水波の胸にあるのは、このまま久東を、瀬理町を終わらせるわけにはいかないという思いだ。

「もう瀬理町にはダムがいくつもあって、都心へ続くバイパス、高速道路もあります。これ以上、不相応に立派な箱物を造っても、小さな町だから採算が取れない。もう公共事業に使える弾がない。利権に群がる人にとっては、旨味がない町になってしまった」

渡貫は「利権」の言葉に大きく目を見開き、顔を赤くして、そのくちびるは憤りで震えている。

かつては渡貫も利権を行使する側にいた。しかし、渡貫よりもっと巨大な存在である政治家の、肥やしのひとつでしかなかったことが突きつけられたのだ。

「……俺は、瀬理のために、俺の人生を賭けて、正しいと思うことを貫いてきたんだ！　俺がこれまでどれだけ瀬理を思って、尽くしてきたか！　それをあいつらは……！」

「捨てられたのはあなたじゃない、瀬理町なんです！」

水波が強く静かに返した言葉に、渡貫ははっと息を呑んで身体をこわばらせた。

「いいときばっかり利用されて、悔しくないですか……！」

水波の真剣な訴えに、渡貫が奥歯を噛むのが見て取れる。

「僕は、瀬理町で、ひとりで暮らしています。自然が豊かな町で、瀬理町の人たちは四季を楽しんで生活してる。のんびりしてて、みんな優しい。僕はこれからも、ここで暮らしていくつもりです。今はまだ二十八歳だけど、毎年歳を取って老いていく。久東町長の事業案は高齢者優遇と謳(うた)ってますが、自分たちのためでもあるんです」

そのとき、トイレのドアが開き、久東が姿を見せた。

水波が息を呑むと、久東が「少し話を聞いてた」と告げ、「渡貫さんも、ひとまずここを出ませんか」とドアを開いて誘った。

三人で夕暮れの庁舎の外に出る。

しばらく無言で、夕焼けに美しく染まる早春の空を三人で眺めた。

「公共事業をやり尽くした絞りかすの町……と言われたよ」

渡貫がぽつんとこぼした言葉に、悔しさが滲(にじ)んでいる。

「俺の代わりなど、いくらでもいるんだろうな。分かってはいたが」

渡貫自身、それを認められなかっただろうし、瀬理町の発展のために汚い役を買って出ていた部分もあるはずで、誰よりも寄与してきたというプライドもあっただろう。

「誰かの代わり……なんて話なら、わたしだってそうです。不信任決議であっという間に吹き飛ばされる」

久東がひとつため息をつくと、渡貫はそのとなりで苦笑する。

「それでも、この場所で瀬理町の未来を思って奮闘することを厭わない人間が必要なんです。そのひとりひとりに代わりなんていない」

久東が力強い眸と声で渡貫に訴えるのを、水波は傍できいていた。

「渡貫さんが町議になられる前、青年団の活動がまだ盛んだった頃から、あなたが瀬理のことを思い、奮闘してくださっていたことを知る町民は多い。これほど長く瀬理のために尽力してくださった功労者は渡貫さん以外にいません」

「なんだ、褒めそやすなんて」

渡貫は怪訝そうな口調だが、久東はそれに「事実を申し上げているだけですよ」と返した。

「渡貫さんが瀬理町役場と一体となって進めたダム事業、道路整備のおかげで、わたしも山の孤島から外の世界へ飛び出すことができた。人生を豊かなものにしていただいたと思っています。そういうふうに感謝しているのはもちろんわたしだけじゃない」

瀬理町を離れた者も多いが、久東や水波はこの町に戻ってきた。外の世界を知って、そこで得た経験もうまくいかなかったこともすべてが人生の糧になり、今につながっている。だから水波は、自分も同じ思いだという気持ちを込めて、ふたりと目を合わせてうなずいた。

久東が「渡貫さん」と彼と向き合う。渡貫の表情にさっきまでの険しさは浮かんでいない。

「幸せな老後をすごすための町づくりを一緒に進めませんか。わたし自身、いつか利用したいと思えるような介護サービスを提供する施設をつくりたい。自分のためでもあるし、友人知人ずだ」

その家族のためでもある。わたしたちは本気です。その心根にあるものは、あなたと同じのは

若者や若い世帯を呼び込む政策ではなくて、瀬理町を高齢者にとって住みやすい町にするよう発想を転換することで、それに合った新しい展望だって開けるかもしれない。

渡貫が身にまとう空気がふっと和らぐのを、水波は感じた。

「行政だけに頼らない介護保険外サービスの創出、そして高齢者優遇の町づくり……理想として掲げるのは素晴らしいが、はたしてうまくいくのか」

渡貫の前向きとも取れる返しに、久東は「うまくいくように、粉骨砕身するしかないです」と笑顔で答えた。

その後、渡貫とは庁舎前でわかれ、水波は久東から「無茶なことしたな」と少し怒った口調で窘められた。

「だって、たまたま渡貫さんの話し声が聞こえて、思わず動画撮影を……」

「しかもあんなところで直接対決になってるから驚いた。階堂くんからの電話がなかったら、気付かなかったかもしれないんだからな」

そう告げられて、あの場所に久東が現れた意味がようやく分かった。

「階堂くん、電話口ですごく焦ってて、相当うろたえてたぞ。『水波さんが危ないです！』って
なんかもうヤクザか何かにさらわれるとでも言いそうな雰囲気で」

「さすがにそういうことなら、僕だってすぐに助けを呼んでるよ」

「水波にもしも何かあったら、俺が階堂くんにどやされるんじゃないかって危機感を覚えるくらい、『とにかくいますぐ助けに行ってください！』って叫んでた」

旺介にも心配をかけてしまっただろうから、あとで謝らなければ。水波は苦笑いで「心配かけてすみません」と頭をぺこりとさげた。

「いや、でも……水波が渡貫さんに向けて語った言葉が、俺はうれしかったよ。『僕はこれからも、ここで暮らしていくつもりです』って。あれに何よりも強く、瀬理町への思いが表れてると思う。水波……瀬理町のために、本当にいろいろ、ありがとう」

久東から礼を伝えられ、水波は「ううん」と首を振った。

「瀬理で暮らしてるし、これからも生きてくんだから、当たり前だよ」

明るくそう言う水波に、久東が少し驚いた顔をする。

「やっぱ、水波……階堂くんと出会ってから、変わったよ。自分の気持ちを言葉にするの、すごく苦手だったろ。でも、今、堂々としてて、すごくいいと思う」

久東からそういう主旨の指摘をされるのは二度目だ。一度目は「そうかな」と思ったが、今は自分でも「たしかに、そうかも」と返したい気分になっている。

「うん……階堂くんに会ってから、彼にいろいろと自分のことを話してる。だからかな」

「自分を知ってほしいと思える人に出会ったんだな」

久東のその言葉で、水波は心がふわりと軽くなった気がした。

そうだ。自分のことや自分の想いを理解してほしいし、知ってほしいと思ったのだ。

それなのに、水波はまだ本当の気持ちを旺介に明かしていない。

旺介の気持ちが本物なのかどうかにばかり気を取られ、こだわって、幸せを相変わらず他力本願にして、自分の心と向きあおうとしなかった。

東京キー局のアナウンサーを目指していた旺介がいつか東京へ戻りたいと思っていたとして、それがなんだというのだ。旺介とちゃんと向きあってもいないのだから、勝手にしゅんとしたり傷つく権利なんてないはずなのに。

「僕……まだ階堂くんに、話してないことがある」

「それはもう、今すぐ会って話せばいいんじゃない？」

久東が指さした先に、車から降りてくる旺介の姿があった。

□ 8 □

瀬理町役場を出て、水波は旺介を自宅に誘った。

こういうとき自宅敷地内や自宅周辺に駐車スペースがいくらでもあるのも、田舎のいいところだ。

旺介は久東へ助けを求めたあと、すぐさま自分の車を飛ばしてきたようだった。

会ってすぐに水波が心配をかけたことを謝ると、旺介は「すごく心配だったけど、俺じゃ間にあわないから」と、ちょっと悔しそうに顔を歪め、久東には「すみません、焦って、大声を出してしまって」と詫びていた。それに対して久東は気にしていなさそうに笑うと、水波の背中を押したのだ。

「なんか、水波が階堂くんにだけ話したいことがあるらしいから。ゆっくり聞いてやって」

そんなことは言ってないけれど、まぁ、まちがってもいない。

久東に最後に「絶対にぜんぶ話すしかない」というお膳立てをしてもらって、もう逃げも隠れもできない状態だ。

そして今、ふたりは縁側と畳の境に並んで腰掛け、どんどん陽が暮れていく庭を眺めている。

何から話そうかと考えて、無言の時間ばかりが過ぎてしまうが、旺介はそれを急かしたりしないでとなりで待ってくれた。

「あの……かっ、階堂くんは……」

緊張で声が詰まってしまったが、左側の旺介は「はい」と優しく返して、いつでも話を聞く準備はできてますよ、とでも言うようにうなずく。

「僕のこと……もう、あんまり、ぜんぜん、好きじゃなくなった、のかなって……最近……思ってて」

振り絞って言葉にして目線を上げると、旺介が驚いた顔でこちらを見ていた。とてもいたたまれない。

「……俺が連絡しなかったから？」

「前は、毎日ＬＩＮＥくれてたし。そもそも僕が、階堂くんが『好き』って言ってくれたのを『二度とそんな簡単に言わないで』って突っぱねたんだけど」

虫が良すぎることを言っている、という自覚はある。

「水波さんから『二度と言うな』的なかんじで怒られるの二回目」

「えっ、あ……そ、だね。ごめん」

一回目は、旺介から女子アナを宛がわれそうになったときだ。

「いや、一回目は完全に俺が悪いです。でも、二回目のは、へこんだ」

「そ……そうだよね……ひどい言い方したし……ごめん」

「水波さんのこと、好きだなぁって思ってたけど、俺も、あのときは勢いで言っちゃったかんじはあったから。『それって恋愛感情じゃなくて、男のプライドの話だろ』って返されたら、ちょっと自信なくなって。たしかに、俺は久東町長に対してムキになってたし」

　だから旺介は言い返す言葉がない様子だったのだ。

「久東町長に俺が『高齢者優先・高齢者優遇の町にするってことに切り替えたほうがいいんじゃないか』って意見したじゃないですか。あんなの、たんに、久東町長と逆の内容で反論したかっただけで……いつもの、一種の思いつきです」

「え？」

「それがまさかこんな、本当にそういう方向に行くとは思ってなくて。あ、自分で他の町の政策について調べてたのも、そこで得た情報も事実ですよ。でも、『介護保険外サービスを創出する』ってそんな簡単に実現できることではないですし。なんか無責任に提案するだけ提案してしまった感があって」

　申し訳なさそうにしている旺介に、水波は破顔した。

「そうだったんだ。でも、提案したのは思いつきだとしても、階堂くんが調べて得た情報をあそこで出してくれたから結果的にいいかんじに転がって、久東町長も役場の職員もみんな瀬理町のためにがんばろうって士気が上がったわけだし」

それはそれで結果的によかったと言っていいと思う。

「俺が久東町長に対してムキになってたのは、『水波さんは今も本当は久東さんのこと好きなのかな』とか『俺と一緒にあちこち回ってるのも、ぜんぶ久東さんのためなのかな』とか、水波さんの想いが、久東さんにだけ向いてる気がして、それが悔しかったからで……。俺は水波さんのことが好きだから、薄っぺらな対抗心なんかじゃないです」

顔を上げ、旺介の眸がまっすぐに水波に向けられた。

「……俺……水波さんのこと、いつから意識するようになったかなって考えたんです。出会ってからしばらくは友だちとして好きだったし、仕事に対する考え方とか生き方を尊敬もしてたけど、いちばん最初は……水波さんが『間接キス』に真っ赤になったのを見たとき、かな」

「……ちょっ……と待って。え……え？」

牧場でアイスを食べたときだ。水波はなんとかごまかしたつもりでいた。

「水波さんは出会った当初から『恋愛はもういい』って言ってたから、俺は恋愛の対象にならないんだろうなって思い込んでたけど……。水波さん、あのとき『間接キス』に真っ赤になったでしょ？」

水波はとうとう観念して「……なった……ね。なりました……はい……」と答える。

「あの瞬間に、『あれっ、もしかして俺って、水波さんの中で……アリなの？』って、自分が恋愛の対象になり得るかもしれないってことをはじめて意識して」

「いい年して『間接キス』に反応したのがバレてるとか、恥ずかしくて死にそうなんだけど」

水波がぐったりとうなだれると、とんでもないことを言われた。

「え……俺はかわいいなって思ったよ。四つも年上の人が『間接キス』で真っ赤になるのが」

膝を抱えてそこに顔を埋め、水波は「からかうな」と羞恥心でいっぱいになりながら返す。

「からかってない。俺とのことでこの人こんなふうになるの？　って知ったら、その瞬間から俺の中で、水波さんがそれまでとはちがう水波さんになっちゃったんじゃないか……ってくらいに、変わった」

「……変わった……って？」

「水波さんの俺への態度をぜんぶ、自分に好意を持ってくれてたらいいな、って目で見てしまうようになったんだ。俺のことをきらいではないはずだけど、もしかして意識されてんのかな、いやでも好きってわけじゃないよなってかんじで。イブに、病院に飛んで来てくれたじゃないですか。あれも、自分のいいように考えて、うれしくて」

旺介の告白が、水波はいたたまれない。あのときはすでに、旺介が望んだとおりの気持ちで行動していた。だいじょうぶと言われても心配でしかたなくて、あの日は形振りかまわず車を飛ばしたのだ。

目を逸らしていたら、旺介に「水波さん」と呼ばれ、手を握られた。

包まれた手から、目線を上げる。視線が絡まると、旺介が優しい笑みを浮かべた。

「イブの日……俺が連絡したらすぐに『もう家を出た。一時間で行く』って、ほんとに飛んできてくれたでしょ。水波さんの顔を見たとき、たまらなくうれしかったけど、『あぁ、この人にこんな顔させたくないなぁ』とも思った」

それなのに、あの日水波は自制のために「彼女でもつくれば」なんて言ってしまったのだ。今思い返せば、旺介がちょっとむくれた顔をした意味も分かる。

「誕生日やクリスマスのプレゼントを選ぶときも、水波さんを笑わせたくて、喜んでほしくて。だから、水波さんとすごした三十日のリベンジクリスマス、すごく楽しかった。水波さんの笑った顔が、行動のぜんぶが、なんかもう、めちゃくちゃかわいく見えてしかたなかったです」

「……あのとき、階堂くん……僕の髪を、なでた？」

ずっと訊けずにいたことを水波が問うと、旺介は目を大きくしたあと喉(のど)の奥で笑って、うなずく。

「なでました。だって、なでたかったんだもん」

なんか悪いですかと開き直った口調で言われて、水波は笑った。

「僕は、さわりたくてもさわれなかったのに。縁側で寝転んだ階堂くんの頭を、なでていいのかなぁ、でも友だちの髪をなでたりは普通しないよなぁって、ひとりで葛藤(かっとう)して」

「それいつの話？」

「んー……最初に、うちに来た日、かな。キャンプのあと」

「だいぶ前じゃないですか！」

「そうだよ」

水波は「僕はしたくてもできないでいたのに、きみはぜんぜん我慢しないのな」とくすくす笑う。それに対して旺介は真顔になった。

「待って、水波さん。なんかぬるっと、俺の都合のいいように解釈してるだけかもしれないから、ちゃんと、ちゃんと、だいじなことを話してください。言葉にしてほしいです」

旺介にぐっと距離を詰められて、水波は反射的に瞠目（どうもく）して身体を反らす。

「あっ……もう、ほら、それも傷つくんですよ。水波さん、俺がこんなふうに近付くと決まって、俺のセミファイナルくらい逃げるよね」

悲しい、としかめっ面で訴えられ、水波は「ごめん……でも階堂くんのセミファイナルほどじゃないと思うけどな」と笑って、こわばっていた肩の力を抜いた。

「避けてるわけでもきらいなわけでももちろんなくて、階堂くんのことを意識しすぎて無意識に出る反応だから」

「それは……うれしいような、悲しいような……。でももうそろそろ慣れてほしいかな」

しかし、ふれあいに慣れる慣れないの話の前に、伝えなければならないことが水波にはあるのだ。

「まず、誤解をといておきたい。僕がいまだに初恋の人を好きでいるんじゃないかって、階堂くんは疑ってるみたいだけど、本当に、それはない。蓮くんには……今日の、階堂くんとのことだって、話せる気もしてる」

今日、旺介と会う前に、久東から「自分を知ってほしいと思える人に出会ったんだな」と言われてうれしかったことも、ここで打ち明けた。

水波の真摯な訴えがようやく届いたのか、旺介がほほえんでうなずいてくれた。

「久東さんと水波さんの仲がいいの、幼なじみだからって分かってても、正直妬けるんですよね……入り込む隙もないかんじで。でも、ふたりが築いてきた時間を俺が超えればいいんじゃないかなって、今は思います」

旺介がちゃんと理解して、納得してくれたらそれでいい。

水波はそっと深呼吸をした。

遠慮したりせず、旺介に想いを伝えたい。

「恋愛はもういいなんて言ってたけど……『宇木アナと連絡先を交換したら』って階堂くんに勧められたのがすごいいやで、だからあのときには、ちょっと意識してたと思う。決定的だったのは、階堂くんと同じで『これ間接キスだ』ってどきどきしたとき。いい歳して何言ってんだって、自分でも思うんだよ。分かってるよ。マッチングアプリなんてやってたくせにね」

水波が自虐すると旺介もつっこみづらそうにしている。

「だって階堂くんは、そういうのとはちがうんだ。むかしみたいに、自分のはけ口に使うような、そんな適当なことをしたくない、たいせつな人なんだ」

旺介が再び水波のほうに身を寄せてきて、一瞬で水波の身体は固まってしまう。水波がそんなまったく進歩しない自分に苦笑いしたときだった。

旺介がそっと水波の身体を抱き寄せて、彼の胸の中に閉じ込めてくれる。水波は旺介の胸でまたたいた。

旺介はあたたかくて、いいにおいがする。

「ごめん、待ってらんなかった。俺はもう水波さんのこと受けとめたいから、俺がいちばん欲しい言葉をください」

受けとめるからおいでと、旺介はいつも先に水波に示してくれる。

前は、両手を広げておどけて見せてくれた。今日はそれとはちがうけれど、でもやっぱり、受けとめたいという気持ちを、彼の全身で伝えてくれるのだ。

――好きだ。好きだ。

頭の中がその熱い感情でいっぱいになる。とめようにもとめられないくらいに膨らむ。

水波は旺介の背中に腕を回し、手のひらに力をこめてしがみついた。

「階堂くんのことが、好きです。とても好きです……」

生まれてはじめて、人に「好き」と伝えられた。

若い頃は、恋は人に知られてはならないものだと思っていたし、おとなになっても、同じ性的指向の相手にも、ずっと遠慮していたから。

旺介が優しい強さで水波を包み込んでくれる。水波もそれに応えようと、背中に回した手にさらに力と想いをこめた。

「俺も、水波さんが好き」

今度はぎゅっと腕に力をこめられて、水波はその心地よい強さにうっとりとした気持ちになった。好きと伝えたら、相手も好きと応えてくれる。受けとめてくれる。なんて素敵な行為だろうか。うれしくて、幸せで、胸がいっぱいになる。

水波は心の隅々まで甘い感情で満たされていくのを実感しながら、安らかな気持ちで笑みを浮かべていた。

「階堂くん……いつか東京に戻りたいって思ってる?」

「え?」

階堂アナって都落ちのアナウンサーらしいね——町役場の職員から聞いた噂話だ。

たとえ旺介が「いつか東京に戻って見返したい」とか「一花咲かせたい」と考えていたとしても、そういう野心があることを悪いとは思わない。

「聞いたんだ、階堂くんは、本当は東京のアナウンサーになりたかった人だって。だから、いつかあっちに戻りたいって考えてるのかなって……」

旺介が水波を胸元から離して、目を合わせてくる。

「フリーになって東京のテレビに出てるアナウンサーさん、タレントに転身した人も、多くはないけど実際いるし……それがきみのいちばん大きな目標なら応援したい」

旺介は「……ん……」と少し俯いた。

「……こっちに来たばかりの頃は、たしかにそういう野心もありました」

旺介は自分の心を確かめるように何度か小さくうなずいて、顔を上げる。

「再チャレンジした東京キー局のアナウンサー試験のときに『既卒』って鼻で笑ったやつらを見返してやりたいって気持ちとか、東京の番組に呼ばれるようになりたいっていう野望とか、キー局に落ちた劣等感も、たしかにあった。アナウンサー試験に落ちまくってこっちに来ましたなんて話、恥ずかしくて水波さんに言えなかったです」

水波が経験したことのない苦労や悔しい思いを、旺介はきっとしてきたのだろう。そんなふうに一切見せないところも、水波は尊敬している。

「でも仕事って、悔しいから見返してやるとか、対抗心で立ち向かって勝負するとか、そういうことじゃないんだよな。気概を持つのはだいじですけど。水波さんが瀬理町のために『使い勝手のいい雑務係』でいたいって気持ちでがんばるのを傍で見てて、その心を知って、気付いたんです。東京と地方、ニュース読みとバラエティ、みたいな上や下にこだわってても、俺が『なりたかったアナウンサー』には一生たどり着けないって」

「階堂くんは『人に的確で有益な情報を伝える仕事がしたい』『情報を受け取った視聴者がよい結果を導き出せるような、そんな発信力のあるアナウンサーになりたい』って言ってたね」

悔しい気持ちが膨らんで、初心を見失うこともあったのかもしれない。

旺介は「はい」とうなずいた。

「俺は、東京を含む全国の人たちに、この小さな町で自然と季節とともに生きてる人たちがいることを知ってもらいたい。それを発信するのは東京じゃなく、この場所から。俺の言葉と声で伝えていきたいです。これからも、ずっと」

旺介の考えに、水波はほっとしてほほえんだ。

「あ、年末に俺が掲げた『ローカル局のアナウンサーとして東京の番組に出演すること』っていうのは、変なこだわりから出たものじゃなくて、ほんとにたんなる目標のひとつです。アナウンサーを目指した頃からの夢でもあったから」

たしかに旺介はその発言のときから「ローカル局のアナウンサーとして」と言っていたのに、水波も動揺と猜疑心から目が眩んでしまっていた。

「実際に東京の番組に出てみて、俺は岐阜中央放送のアナウンサーとして、もっとがんばらなきゃいけないって思ったんです。他のローカルの局アナも、みんな地元を背負ってやってきてるのを目の当たりにして、俺は地元の良さを『東京や都会の人に』じゃなくて、全国に届ける気持ちで挑まなきゃいけないんだって、あらためて気付かされました」

高く掲げた志が旺介らしくて、水波はなんだかうれしい気持ちになった。

「さっき階堂くんに『東京に戻りたい気持ちがあるのか』って、僕が確認したのは……市内と瀬理ですら車で一時間もかかって、これでもけっこう、遠いなって思うから。これ以上離れることになったら、正直、しんどいなって……」

「……一時間分、離れてるのがつらく感じるほど、俺に会いたいってこと？」

的確にストレートに要約されてしまい、水波は一瞬うっとなったが、「そうだよ」とうなずいた。すると旺介はうれしそうに、満足そうな顔をする。

「すっごく会いたいのに時間が少なくて困ったら、ちょうど半分のところで会ったらいいじゃないですか。お互い三十分ずつって考えたら、まぁまぁ近くないですか？」

旺介の前向きすぎる考え方に、水波はついに破顔した。

「なんで笑うの？　だって、俺、水波さんにいっぱい会えると思って免許も取ったし、車も買ったし。それなのに水波さん、俺に『田舎は車があったほうが便利だよね』って的外れなこと言ったんだからね。俺からしたら『はい？』だよ。ひどいよ、まったく」

誇張して水波の口まねをする旺介のほっぺたを指でむにっとつまむと、大げさに「痛い〜」と顔をしかめてみせる。

「そうだね。半分にすれば、三十分しか離れてない」

「俺も、会いたいときに思いつきで会いにくるし。水波さんも、好きなときに会いにきてください」

水波がじっと見つめると、旺介も同じように見つめてくれる。

たぶん今、同じ気持ちだ、となんとなく分かった。

「……水波さんが言って」

気持ちを言葉にするのが苦手な水波に、旺介が言わせようとする。

「……キスしてほしい」

「俺もキスしたいなって思ってた」

言い終わるより早く旺介に引き寄せられて、くちびるを重ねられた。

胸と胸が合わさるほど抱きしめられながら、隙間なく塞がれる。

「ん……」

うっとりとした心地で、水波は旺介に身を任せた。旺介は合わさる角度を変え、啄むようなキスをいくつもくれる。甘く優しく、くちびるを食まれるのが気持ちいい。

「水波さんの、くちびるの上にあるほくろ。ここにキスしてって言われてるみたいでどきどきする」

そのとおりに食べられて、水波はくすぐったくて「ふふ」と笑った。

旺介とたわむれるのが楽しくて、うれしい。

ひたいとひたいをこつんとあてて、旺介が小さくため息をつく。

「もう一回ちゃんと言わせて。水波さんのことが大好きです」

すぐ近くにある旺介の眸を見つめ、水波は「うん」とうなずいた。

「ここで最初に『僕のこと好きじゃなくなったのかな』って不安そうな顔で訊いたでしょ。あれ猛烈にきゅんときて、『好きに決まってるだろ』って即答しそうになって困った」

「僕ももう一回言う。……すごく好き」

どちらからともなく、再びくちびるを重ねあう。

「夢みたいだな、こういうの。好きって言って、言われて、キスするの」

すると夢じゃないことを知らせるように、旺介が少し腕の力を強くしてしっかりと抱擁してくれる。くちびるの合わせが深くなり、薄く開いたあわいに旺介が舌先をすべらせた。たったそれだけのことに、水波の身体はとたんに熱を帯びる。頭の芯が痺れてくる。

舌をからめとられて、水波も旺介のくちびるをしゃぶった。そうするとお返しみたいに舌やくちびるをしゃぶられる。口内を縦横無尽に曝かれて、水波はたまらず喉の奥で声をもらした。キスがこんなに気持ちいいものだったなんて知らない。ずっとこうしていたい。

水波が旺介の首筋にしがみついて舌を深く挿し込むと、旺介は抱きとめる腕をさらに強くしながら水波の口内を嬲ってくる。あまりの気持ちよさに頬はゆるみ、首の力が抜けていく。水飴にでもなってしまったような背筋も腰も、旺介が大きな手で支えてくれた。

「もっと……水波さんにさわりたい」

水波が着ているカッターシャツの背中側の裾（すそ）から旺介の手が挿し込まれる。ひやりとした外気温に素肌が晒（さら）されたところを、指先でいたずらみたいに擽（くすぐ）られた。水波の腰の辺りは敏感に旺介の指に反応してびくびくと跳ねる。

「あっ……か、い、階堂く……」

徐々に身体がななめうしろに傾（かし）いでいく。旺介に上から覆いかぶさられるようにして、水波は畳に横たえられた。

意識までとろとろに攪拌（かくはん）されるようなくちづけが続く中、下肢の膨らみを旺介の手で包み込まれる。スラックスの上からとはいえ旺介に自分の性器をさわられている、という事実に、水波は頭がかあっと燃える心地になった。

「階堂、く……無理、しなくていいよ……」

「無理って？　こうすることが？」

好きな人にさわられてますます硬くなるペニスをいっそう揉（も）みしだかれて、水波は腰を震わせる。

「俺のことが好きで……水波さんはこうなってるんだよね？　うれしい」

ベルトを外される音が耳に届く間もやまないくちづけと愛撫（あいぶ）に、水波は喘（あえ）いだ。

水波の太ももに旺介が「俺も水波さんと同じ」と昂（たかぶ）ったものを主張してくる。硬くて熱い。

旺介のことを信じていいのだと、彼の全身で、言動で分からせてくれる。

だから旺介に無理かどうかなんて、いちいち訊くのも確認するのももうやめようと思った。

「かいっ……階堂くん」

「俺のことも名前で呼んで、水波さん」

旺介の手がスラックスの中に入ってくる。果物の皮を丁寧に剝いていくみたいに曝かれていくことに水波は胸を高鳴らせながら、はじめて「おうすけ」と名前を呼んだ。

「……おうすけ……旺介……」

旺介も前を寛げ、水波の熱く滾った膨らみにいやらしく腰をすりつけてくる。そのときの旺介の興奮した息遣いに、水波もいっそう煽られた。

「水波さん……俺……」

旺介の声が苦しそうだ。水波も熱のこもった旺介の下着の中に手を挿し込んだ。手で優しく揉んだりこすったりすると、水波の上で旺介が「んっ……」とよさそうな声をあげる。自分がした行為で相手が反応すると、いとしい気持ちでいっぱいになる。

旺介も水波をまねて下着の中に手を入れてきた。くちづけあいながら、互いのペニスを愛撫し高めあう。

相手はノンケなのだから、どこまでを望んでいるのかも分からないし、本当は配慮すべきことがあるかもしれないのに、興奮が上回ってものを深く考えるのが難しい。

水波は少し身を起こして、旺介の硬く勃起しているペニスに目を遣った。すごくいやらしくて、卑猥なかたちをしているように映り、これで中を掻き回されたら……と考えるだけで、水波の後孔がきゅうんと切なく蠢くのが分かった。

「これ、口でしていい？」

驚いている旺介の返事を待たずに、水波は彼の下肢のほうへ頭を寄せる。

「……水波さん……」

口を大きくあけて、旺介を惜しげもなく呑み込んでやる。頬の内側や上顎を使い、吸引しながら頭を上下させると、旺介はたまらないというように震える声をあげ、口淫する水波の髪を優しくくしゃりと摑んだ。

「みっ……なみさっ……」

旺介はすっかり畳に倒れ込み、水波の口淫に腰を揺らしてしまうほど感じている。

――うれしい。かわいい。

水波は名残惜しく思いつつも口から旺介のペニスを放して、身を起こした。

「となりの寝室にベッドがあるから」

水波が手を引いて誘うと、旺介がおとなしくついてくる。

部屋に入り、旺介とベッドに横たわった。

今度は旺介が水波を口淫してくれて、そこまで望んでいなかったから驚いた。でも「無理しなくていいよ」なんて言わないし訊かない。だって旺介がそうしてくれているのだから、されてうれしいと伝えることのほうがたいせつだ。

ペニスを口淫するなんてはじめてだろうに、旺介は懸命に舌と口を使って愛してくれている。

水波は今こそ、旺介の髪を好きなだけなでた。旺介が施してくれる愛撫をうれしいと伝えるためでもあるし、いとしい気持ちがあふれてたまらなかったからだ。

髪をなでてやると、旺介がうれしそうに目を細めて深く口内に呑み込んでくれる。

水波は息を弾ませ、腰を揺らして、旺介の口内に自らペニスをこすりつけた。そこに溜まっていく濃密な快感で下肢がとけてしまいそうだ。

「お……すけっ……旺介、きもちぃ……」

旺介は上目遣いで、快楽でゆるみきった水波の表情を確認していっそうその行為に励んでくれた。でもこのままではいくらもしないうちに弾けてしまいそうだ。だって大好きな人の口で水波の性器をいとしんでくれているのだから、視覚的にも感覚的にも昂ってしまう。

「おうすけっ……も……やめて、イっちゃいそ……あぁ……」

半泣きの声を上げて悶える水波を、旺介がさらに追い上げる。

「あ……あぁ……出る……！」

いくらもしないうちに水波は旺介の口淫でついに絶頂した。

その余韻に身を投じてくったりと横たわる水波に、旺介が寄り添ってくれる。

旺介は水波の髪を優しく梳くようになでて、目が合うとにこりとほほえんだ。

「……これで終わり？　じゃないよね？」

「…………」

つい遠慮してしまう癖が抜けなくて、本音を自分からなかなか言えない。でもきっと、旺介はぜんぶ受けとめてくれるし、許してくれる。そういう覚悟がなかったら、今ここに旺介はいないはずだ。

水波はじっと旺介の眸を見つめ、彼の胸にひたいをくっつけた。

「旺介のを、挿れてほしい」

すると、旺介が水波の腰を引き寄せて、尻臀(しりたぶ)を掻き分け、「ここ？」と割れ目に指を這(は)わせる。水波はこくりとうなずいた。

伝えておいたほうがよさそうなことはまだあって、恥ずかしさで顔も頭も熱くなる心境だ。

「……うしろも弄(いじ)りながら、自慰を……してるから」

水波は旺介の胸に顔を押しつけて隠した。そんな水波の頭を旺介がよしよしとなでてくれる。

「水波さんがどうやったらいちばん気持ちいいか、おしえて」

それから水波は性交のためのジェル入りのパウチを手にして下着を取り、そこを拡げるためにジェルで湿らせた指を挿れて、後孔を使う準備をした。その間、旺介は水波の首筋や耳朶(じだ)を食んだり嬲ったりしてかわいがり、ゆるゆるとペニスをこすり続けてくれる。

「一回イったから甘勃(あまだ)ちなのかな」

水波は手筒で扱(しご)かれながら、こくんとうなずいた。

「おしりも気持ちいいの？　それ俺がしてもいい？」

積極的な旺介に助けられる心地だ。なかなか自分からしてほしいとは言い出せない。

旺介の指が入ってきて、中を捏(こ)ねられたら、現金なくらいにあからさまに勃起してしまった。

「あっ……んんっ……」

「俺がしたほうがいいみたい。先っぽも濡(ぬ)れてきた……とろとろ」

満足げな旺介に手を導かれ、自身の先端を濡らす蜜(みつ)を確かめさせられて、そのまま自慰をするように仕向けられる。

「……っ、はぁ……あ……あぁ……」

「あ……分かった。ここ……こすると中がぎゅうって締まるし、先走りがすごい出てくる」

たまたまなのか前立腺の場所を探り当てられたのだ。胡桃(くるみ)状のそれを指二本で引っかくようにして捏ねられると、鈴口から涎(よだれ)みたいな淫蜜がつぎつぎとあふれ、たれてくる。水波はそこから湧く濃厚な快楽に尻臀を震わせて夢中で手を動かし、短く息を弾ませた。

旺介は「ここ、すごいね……」と小さく感嘆し、胡桃ばかりを無邪気に責めてくる。

水波は旺介に縋(すが)りつき、後孔を掻き混ぜられながら自慰に耽(ふけ)った。

「……水波さんのここを、俺のでこすればいいんだよね」

「ん……んっ……」

　水波の身体は旺介の指をきゅうきゅうとうれしそうに締めつけて、ねだるようだ。

「……ねぇ、挿れたい……。水波さんの中、気持ちよさそう」

　旺介が切なげな表情でお願いしてくるのがいとしくて、水波は彼の手を取って誘う。

　コンドームをつけるとき旺介のものが反るほど硬く勃起しているのが分かって、水波の興奮もいっそう跳ね上がった。

　脚を開き、旺介のペニスに手を添えて「ここに、ゆっくり沈めて」と導く。緊張の面持ちで旺介が腰を落とし、水波が痛がっていないか何度も表情を確認して、慎重に進んでくる。

　少しずつ結合が深まっていく中で、旺介が水波に覆いかぶさってきた。

「もっと挿れていい？」

「うん……もっと……、ぜんぶ……」

　旺介が腰を揺らしてなじませ、さらに深くしてきて、水波の耳元で「ん……気持ちぃ」とついもらす独り言のようにつぶやくのがうれしい。

「ぜんぶ、根元まで挿れちゃうよ？　水波さんは、へいき？」

「うん……もっとくっつきたい」

　脚を旺介の腰に絡ませて、もっと深く、と引き寄せる。

　旺介が水波の耳元で気持ちよさそうな声をこぼしながら根元まで押し込んできて、これ以上進めないところでとまった。その刹那（せつな）、視線が絡まり、旺介がにこりとほほえんでくれる。その彼の表情が甘く優しく、水波の目にかっこよく映ってきゅんとしてしまう。

つながったまま動かず、見つめあって何度もくちづけあうと、頭の天辺からつま先まで旺介と混ざりあうような感覚になり、全身がしあわせにとろけていく。

「余裕なさすぎで忘れてた。服、脱がしていい？　肌と肌をくっつけたい」

ふたりとも下だけ脱いで上はワイシャツを着たままだ。

水波も、自分のシャツのボタンを外していく。シャツを脱ぐ段階で旺介が手を貸してくれて、途中でふたりとも自分たちの手際の悪さに少し笑ってしまった。

水波がもう一度ベッドに背中をつけて横たわると、旺介が再び重なってくる。胸が合わさり、うっとりとくちづけあいながら互いを睦みあった。

「首筋とか、鎖骨とか、肩にある水波さんのほくろ、いろっぽいな。キスしたくなる」

実際、旺介がそのぜんぶにキスを落としていく。

「胸にも。乳首のところにもあるね。ごま塩を振ったみたい、って言われたんだったっけ」

いつだったか、旺介にそんな話をした記憶がある。

「俺はその話を聞いたとき、誰に言われたのかな～って、悶々としたんだけどな」

「…………」

水波が黙っていると、旺介が水波の胸に手を這わせた。

「俺、けっこうやきもちやきだったみたい。今までの俺を見てきた水波さんは分かってると思うけど。水波さんの過去をぜんぶなぎ倒して、俺がいちばんじゃなきゃいやだ」

切なげな表情で訴える旺介に、水波は無言のままうなずいた。

「これぜんぶ、俺のだから。俺以外の男に見せるの、ぜったいだめだよ」

小さな乳首と乳暈を啄むように音を立てて吸われ、舌で押しつぶされて、水波は喉を震わせた。もう片方は指先でつまむようにして捏ねられ、それが腰にくる。

「……乳首……気持ちいい？」

水波は目を瞑って口元を手で押さえ、こくっとうなずいた。途端に腰を大きく揺らされ、声が甘く跳ねる。

首筋や耳の裏側を嬲られながら、嵩高い雁首で内壁を引っかくような抽挿が始まった。

優しい強さでぐちゃぐちゃにされていく。

「あっ、ああ……はぁっ……」

水波は目を瞑って、旺介の硬茎で中をこすられる感覚に没頭した。摩擦によって生まれる快感で、そこが熱でとかされるクリームみたいにぐずぐずになっていく。

「す、ごい……いいっ……、お……すけっ……んあ……あ……」

乳首を吸われると後孔がきゅうんと収斂し、その隘路を硬く反ったペニスで攪拌されるのがたまらない。あまりの気持ちよさに背筋が震える。

「水波さんっ……はぁっ……っ……」

互いを掻き抱いて、ふたりともすぎる快感で腰をがくがくとさせた。

内襞が痙攣（けいれん）しっぱなしで刺激されつづけている旺介が「ふー、ふー」と浅く喘いでいる。しばらくそのままとどまり、抱きあった状態で最初の波が引くのを待った。旺介のペニスが根元まで押し込まれたまま、水波にも伝わるほどびくびくと震えている。

水波の耳元で旺介が「……やばかった、とけるかと思った」と呻（うめ）いた。

「僕、もっ……、……あぁ……あ……」

「今は動いてないよ？」

「き……もちいいトコ……ずっとあたって、る……」

中がぞくぞくして、疼（うず）いて、気持ちいいのがとまらないのだ。

「……ん……どこ？」

腰を深くしたまま探るようにゆるっと掻き回され、水波は悲鳴にも似た甘美な声を上げた。

「……それっ……すごいぃ……」

煽るような腰遣いで奥をねっとりと刺激される。接合したところから、じゅぶ、じゅぶといやらしい音まで響きだす。

「もっと？　速くしてほしい？」

「……もっ……と、……いっぱい、お、奥もっ……」

浅い呼吸で、だんだん朦朧（もうろう）としてくるのが分かる。硬い尖端で奥壁を抉（えぐ）られ、つま先まで痺れるような快感に貫かれた。悦びもあらわに痙攣している後孔でひたすら律動を受けとめ、深い快楽に耽溺していく。

快感にふやけて力が抜けてしまった腰を手繰り寄せられ、さらに奥を蹂躙される。

「水波さんの中……ずっとひくひくしてる。これ……気持ちいい、とまんない」

実際、旺介は目を瞑って、水波の中を味わいながら腰を振っている。快楽に泥酔しているようなとろけた顔つきだ。今まで見てきた彼の、どんな表情ともちがう。

ふいに旺介が目を開け、水波を見下ろしてくる。ふっと口元に笑みを浮かべる笑い方も、普段とはちがう。いつもかっこいいけれど、上から征服されるかんじにときめいてしまった。

「水波さんの、えっちにとろけた顔も……好き。もっとぐちゃぐちゃにしたい」

そう宣言した旺介に身体を抱え上げられ、彼と向き合って跨がる格好になった。結合の角度が変わったために、挿入されているペニスの硬さがはっきりと分かる。

水波は旺介の肩口にひたいをのせて縋りついた。旺介のほうも水波を受けとめて抱き返してくる。

旺介が水波の胸に顔を寄せて、乳首を口で愛撫しはじめた。

「あっ……あ、だめ……それ、待って……」

「こうすると、水波さんの中がうねって、震えて、俺も気持ちいい」

身体の内側からざわざわとするような焦燥感がくる。

りたい。

水波も自ら腰を前後に揺らし始めた。彼をもっと気持ちよくしてあげたいし、一緒によくなりたい。

「あ……あっ……旺介……あぁ……すごい……」

旺介のペニスにきつくこすられている内襞が、火がついたように熱い。それはいっきに燃え広がって、水波の中を赤くとろかしていく。

もうどちらが動いているのか、分からない。ばちゅばちゅとはしたない音が響く。

「……っ、も……いきそ……、水波さんっ……」

旺介が、水波の身体を再びベッドに押しつけた。水波の腰を両手で摑むと、ぐっと旺介のほうに引き寄せられて結合が深まり、彼主導の抽挿が始まった。浅い位置から深いところまで満遍なく届くストロークで、嵩高いペニス全体を使って搔き回される。

「あぁっ、あぁ……あぁっ、んっ」

「み、なみ、さっ……はぁっ、……うっ……ん……」

水波の上で、旺介も行為に夢中な様子で腰を振っている。

奥までたっぷりと含まれたジェルが、中で泡立っていく。水波ももう目を開けていられない。

「はぁ、あぁっ……イ、イく……イく……」

「イッて……水波さん」

旺介に中を犯されながら、だらしなく淫蜜を滴らせるペニスをこすって自慰をする。

もう何も考えられない。まぶたの裏が真っ白に染まる。

そのとき後孔がきつく収斂し、旺介が水波に覆いかぶさってきた。

最後の激しい律動を享受する身体を、旺介にしっかりと抱きしめられる。

痺れそうなくらい甘い幸福の中で、ふたりはほぼ同時に絶頂に至った。

水波も旺介を抱きしめ、奥で彼の精液を受けとめる感覚に恍惚とする。

ただただ、しあわせだ。

呼吸が徐々に落ち着いてきて、まぶたを上げる。うっとりとした心地の中で天井を見上げれば、涙で膜が張ったみたいに視界がぼんやりとしていた。

かわいがるようにキスをされて、水波は旺介に甘えてほおずりした。

「……水波さん、好き」

「……僕も好き」

つながったまま想いを伝えあうと、とてつもない多幸感に全身を包まれる。

「気持ちいいね……ずっと水波さんとこうしてたい」

「うん……僕も……このままでいたい」

身体を離したくなくて、隙間なく重なってくちづけあう。

互いの肌がふれあうことも、ぬくもりが混じりあうことも、今までに生きてきた中で感じたことのない種類の幸せの感触だった。

町長の不信任決議案は出されることなく、むしろ渡貫が重鎮として地方創生のための新しい改革案を議会で後押ししてくれた。

「久東町長がおっしゃるように、行政の画一的な枠組みに収まらない、『瀬理町による瀬理町らしい高齢者優先の町づくり』の実現にむけて、我々高齢者も当事者として意見を出し、瀬理町が一体となって少子高齢化・過疎化の問題に取り組まなければならんでしょう」

前回の本会議と百八十度意見を転換した渡貫の言葉に、他の町議たちは最初キツネにつままれたような顔をしていたが、「何かまちがったことを言ってますかな?」と渡貫が念を押すと、やがて全員から拍手が起こった。

他の町議たちからもようやく「我々も協力します」と声が上がる。

「議員報酬の削減については、俺よりずっと若い議員さんたちのためにも、気易く首を縦に振るわけにはいかんがな」

最後は渡貫らしく釘を刺したかたちだが、瀬理町議会の未来と、他の町議のことを思うその苦言には、久東も納得したようにうなずいていた。

介護保険と介護保険外サービスを融合させた『高齢者優先の町づくり改革案』は全会一致で承認され、三月の定例会は閉会した。

渡貫との対立で議会が紛糾したあの日から、間もなく二カ月。瀬理町活性化の要（かなめ）となる新しい改革案の実現に向け、瀬理町役場は今まで以上に活気にあふれている。

施設の開設だけではなく高齢者向けのサービスを拡充させるために、融資してくれる銀行、出資してくれる商社、協力してくれる介護サービス会社など、民間企業数社とすりあわせを行い、協定の締結を進めているところだ。地方創生の新しい取り組みはまだ始まったばかり。

水波も『高齢者優先の町づくり改革案』の実現に向けて力になってほしいと町長からの任命があり、新政策担当兼任となった。雑務的なこまごましたサポートがメインだが、こちらは歴（れっき）とした業務として町民の意見や要望を訊き、利用者となる高齢者のリアルな声を役場に伝える役目を担うものだ。

「介護保険外サービスに何があったらうれしいかって？」

今日は谷（たに）さんをはじめとする婦人会のみなさん、椎茸（しいたけ）栽培をしている佐野（さの）さんをはじめとする合コンメンバー、他にも介護サービスを実際に受けている町民たち、そして渡貫議員も参加してのお茶会だ。天気がいいので、コミュニティーセンターの裏手にある葉桜の下にブルーシートを敷き、車座になっている。

土曜日の午後、水波はいつものようにおじいちゃんおばあちゃん世代の方々に囲まれ、よもぎ餅とかしわ餅をお茶菓子にして、町民からの意見を募った。

「カラオケと温泉は外せないな」「瀬理にはマッサージやお灸をすえてくれるところがないから、そういうのもあるとうれしいねぇ」などと意見が出る中、谷さんが「ほんとにこんなになんでも言っていいの？」と水波に訊いてくる。

「ぜんぶ実現できるって約束はできないけど、久東町長は瀬理町民の意見を踏まえて検討するつもりだから」

町民に本当に必要なサービスが受けられる施設でないと意味がない。そのためにこういう意見交換会という名の井戸端会議をこれからも行っていく必要があるし、水波がいつもやっている飛び込み参加も続けるつもりだ。

「俺は、孫と遊べるなら、あとはなんでもいい」

渡貫がそう言って目尻を下げつつにんまりする。

「老人ホームのとなりに保育園があって、何かと交流してるってところも実際にあるそうですよ。保育園が併設されてると、子育て中の若いお母さんも働きやすいかもしれないですね」

水波の話に渡貫は「ほう……」とうれしそうにうなずいた。

このネタは旺介がおしえてくれたものだ。旺介も相変わらず瀬理町のことを気にかけてくれていて、広くいろんな自治体や会社、施設が行っている介護サービスについて「こういうところもあるみたいです」と情報をくれる。

お茶会後、水波は庁舎に戻り、町民たちから出た意見や要望についてまとめた。

「水波、お疲れ」

執務室から出てきた久東は肩を回している。水波も「お疲れさまです」と返した。

「介護保険外サービスにどういうものがあったらうれしいか、町民から出た意見や要望をひとまずまとめました。意見交換会の一回目だし、まだこれからだと思いますけど」

「おお、ありがとう。俺のほうもコミュニティータクシーの業者と話をまとめられそう」

「そのかしわ餅、どうぞ。婦人会からの差し入れでいただきました」

久東は水波が渡した書類に目を通しながら、お裾分けのかしわ餅を食べて、ふんふんと唸っている。

「久東町長、それとは別件で、移住希望者の話も進んでます。週明けに物件を見にいらっしゃるということなんで、瀬理町の移住支援についても話をしておきます」

水波が報告すると、久東は「そうか、うん」と笑顔でうなずいた。

水波が役場職員であることを伏せて配信している個人Ｖｌｏｇの効果も上々だ。ちょうどいろんな企業が『日本のどこにいても働ける』をセールスポイントにテレワークを推進し始めたのと重なって、豊かな田舎暮らし、自由なスローライフを求める都心の移住希望者からの問い合わせが増えた。すでに一組、具体的に話が進んでいる。

水波がパソコンに向き直り、今度はＳＮＳの更新をてきぱきと進めていると、「水波」と久東に呼ばれ、「はい」と応えて手をとめた。水波が振り向くと、久東はおだやかな表情で水波のことを見つめている。

「……あらためてだけど、水波が瀬理に帰ってきてくれてよかった。ありがとう。こんなふうに瀬理町、瀬理町民のために動いてくれる、瀬理町役場になくてはならないたいせつな職員だ」

東京にいた頃は、替えのきく社畜Aだったけれど、今は瀬理町で暮らす役場職員として、この町のために、町長のために働けることがうれしく、人生を楽しめている。

「僕のほうこそ……ありがとうって言葉じゃたりないくらい、蓮くんにも、瀬理町にも、感謝してます」

水波がはにかむと、久東もにこりとほほえんだ。

「これからもみんなと一緒に、瀬理町を支えてほしい」

水波は「もちろんです」と大きくうなずいた。

そして水波は再びパソコンに向き直ると、画面を見つめ、文字を打ち込んでいく。

「……水波、まさか……今日も夜まで働いたりしないよな？」

「これ終わったら帰ります。夜に階堂くんが来るから。スーパーに買いものに行きたいし」

パソコンの画面を見つめたままの水波のとなりの席に、久東が腰掛けた。

「水波を役場内に長く拘束すると、俺が階堂アナに『俺たちのデートの邪魔をしないでください』って怒られかねないからな」

水波が横目で見ると、久東がにやっとする。

「……べつに怒んないよ。これもあと一分で終わるし」

「そう？　それならいいけど」

まるで保護者のように優しくほほえまれ、水波は尻の据わりが悪い。

なんとなくタイミングを逃していて、旺介とつきあっていることをまだ久東に話せていない。

やっぱりなんだか照れくさくて言い出せないのだ。でも久東がこんなふうに例のデートネタで絡んでくるのは、これまでのことでなんとなく勘付いているからのような気がする。

「あの、蓮くん……」

水波は久東と向き合った。

「心配かけたくないから話すけど……僕……今、好きな人がいて……しあわせなんだ」

水波がふんわり告げると、久東は「そんな気はしてた」とうれしそうにうなずく。

「そ……そのうち、ちゃんと報告するね。良きタイミングで」

耳を熱くさせながらパソコンに向き直って告げると、久東は立ち上がり際に「楽しみにしてる」と水波の肩を叩いた。

旺介が家に来るのを待つ間に、今日放送分の『サタまる！』の録画をチェックする。

旺介は今も変わらず、リポーターとして出演していて、今日は満開のバラ園からの中継だ。

前回はバラ園でバラを口に咥えてフラメンコを踊らされていたが、今回はバラを使った化粧水やパックを「わたしも一週間こちらの商品を試してみました」と通販番組のように紹介していたのがこれまたおかしかった。

だからなのか十九時過ぎに旺介が家に到着したとき、若干ローズの香りがするし、お肌はなんだかつやつやだしで、水波は会ったとたんにたまらず笑ってしまった。

旺介は水波に「何を笑ってるんですか？」と不思議そうな顔をする。

「だってなんか、僕の彼氏が美意識高い人みたいにやけに綺麗になってるから」

「あー……バラのパックの効果かな。そういう方向性はとくに狙ってないんですけど……」

「今日の生中継もおもしろかったよ」

旺介はにっこり笑って「これ、水波さんにおみやげ」とバラのジャムをくれた。

「ありがとう。バラのジャムって紅茶に入れるとおいしいよね」

「さっそくですが、水波さんに報告があります」

到着してゆっくりする間もなく旺介があらたまったので、どんなだいじな話だろうか、と水波は少し緊張の面持ちで彼と向きあい、「はい」とうなずいた。

「月曜から金曜、夕方四時放送の情報番組『ゲッキン！』スタジオメインＭＣ宇木アナ……のとなりでサポートするサブMCの仕事が決まりました！　はじめてのレギュラーです！」

「ええっ！　毎日？　出られるのっ？」

「はい、毎日スタジオに立てます」

「うわあっ……！　おめでとう！」

　飛びつくようにハグをして、旺介の頭をぐしゃぐしゃぐしゃと掻き混ぜる。

「土曜の『サタまる！』の親番組みたいなもので、番組のスタッフもかぶってるから、そういう意味でもうれしいです。俺も、新しい場所でがんばります」

「そっか……きっと『サタまる！』でのがんばりを評価してもらえたんだよ。よかったね」

　旺介は水波の腰に手を回して、満足げに「はい」とうなずく。

「あ……ということは……MCが僕の彼氏だから、瀬理町のことも番組内で毎日ばんばん取り上げてくれちゃったりするのかな？」

「広報兼新政策担当様の営業力よ……」

「僕はつねに下心丸出しで行くスタイルなんだ」

　にっと笑う水波に、旺介も破顔している。

「じゃあ今日は旺介の初レギュラーMC決定を祝して、乾杯しなきゃね」

　ふたりとも変わらないけれど、一歩ずつ前進している——そんな明るい未来を予感させる春の夜だった。

あとがき

こんにちは、川琴ゆい華です。『ソロ活男子の日常からお伝えします』をお手に取っていただき、ありがとうございます。お楽しみいただけましたか？

今回はジャンルとしてはお仕事BLで、社会派とスローライフをかけあわせてみました。地方が抱える問題についても書いていますが、堅苦しくなく、気楽に読んでいただけるのではないかと思います。

この先ネタバレございますので、未読でしたらご自衛ください。

今作は田舎町の役場を舞台に、ローカル局の新人アナが絡むお話です。華やかでコミュ強な攻めのライバルが若いイケメン町長だったらいいなぁ、なんてにやにやしながら考えました。

念のために申し上げますが岐阜県に那由群瀬理町は実在しませんし、作中で描写される人物、出来事も架空のものです。でも地方創生のあれこれは、日本のどこかの地方で実際に取り組まれているものだったりします。

コロナ禍になり働き方もますます多様化して、「移住」が話題に上がる頻度が上がった気がしますが、実際にそうするってけっこうな勇気や決断が必要ですよね。ちなみにわたしは東京まで移動するのに飛行機を使っても、自宅からだと五時間はかかる田舎に住んでいます。ローカルのバスや電車の最終って二十二時とかじゃないかな、たしか。なので移動手段はもっぱら車です。田舎なのに光熱費や家賃も高いです！　東京は華やかで便利だし、いつも新しいものであふれていて、遊ぶところもたくさんある。イメージとちがって田舎より意外と安いものも多いんですよね。そんな都会から地方へ移る人が持つドラマも、このお話からも感じていただけたらいいなと思います。

　さて、イラストは夏河（なつかわ）シオリ先生です。爽やかな風や澄んだ空気を感じるようなラフが届いていて、今から仕上がりが楽しみでなりません。かっこいいので旺介に目を奪われますが、とくに水波の表情に注目ですね！　素敵なイラストをありがとうございます。

　担当様。昨年は休業でご心配をおかけしました。復帰直後はプロットが迷走しましたが（でもそれもだいじ）、いつもと変わらぬ作風に落ち着き、いつものようにたくさんお世話をおかけしました……！　世話のかかるわたしですが、今後ともどうぞよろしくお願いします。

　最後に読者様。少し毛色のちがうお仕事ＢＬですが、よろしければお手紙やツイッターでご感想などお聞かせください。久しぶりの新刊ですので、これまで以上にどきどきしてお待ちしております。

　またこうして、お目にかかれますように。

川琴ゆい華

この本を読んでのご意見、ご感想を編集部までお寄せください。

《あて先》〒141-8202　東京都品川区上大崎3-1-1　徳間書店　キャラ編集部気付
「ソロ活男子の日常からお伝えします」係

【読者アンケートフォーム】
QRコードより作品の感想・アンケートをお送り頂けます。

Chara公式サイト http://www.chara-info.net/

■初出一覧
ソロ活男子の日常からお伝えします……書き下ろし

ソロ活男子の日常からお伝えします……【キャラ文庫】

2022年10月31日　初刷

著者　川琴ゆい華
発行者　松下俊也
発行所　株式会社徳間書店
〒141-8202　東京都品川区上大崎3-1-1
電話　049-293-5521（販売部）
03-5403-4348（編集部）
振替　00140-0-44392

印刷・製本　図書印刷株式会社
カバー・口絵　近代美術株式会社
デザイン　百足屋ユウコ+タドコロユイ（ムシカゴグラフィクス）

ISBN978-4-19-901081-1

川琴ゆい華の本

好評発売中

「親友だけどキスしてみようか」

イラスト✦古澤エノ

ケガでプロの道を断たれるアスリートを少しでも減らしたい——そんな想いで理学療法士になった侑志。四年目にして、社会人サッカーチームの専属に大抜擢!! ところが、顔合わせに現れたマネージャーは、高校時代の親友・清光——好きすぎるあまり勢いでキスして、一方的に距離を置いた、初恋の相手だった。気まずい侑志とは裏腹に、純粋に再会を喜ぶ清光は、なぜか積極的に近づいてきて!?

川琴ゆい華の本

好評発売中

［ぎんぎつねのお嫁入り］

イラスト✦三池ろむこ

死にかけた僕を助けてくれた、あの人にもう一度会いたい――!!　車道に飛び出し、重傷を負ったぎんぎつねのすず。保護したキッチンカーのオーナー・陽壱(はるいち)に一目惚れしてしまう。お礼を言おうと、人間に化けて会いに行くことに!!　正体を明かせないのに、陽壱は「すずの髪…あの狐に似てて綺麗だな」と無造作に触れてくる。我慢しようとするたび、感情が高まって、耳と尻尾が出そうになり!?

川琴ゆい華の本

好評発売中

「幼なじみクロニクル」

イラスト✦Ciel

好きな人ができたら、絶対俺に報告しないとダメだよ——二つ年上の幼なじみ・豊加（ゆたか）に、言い聞かされて育った充映（みつはる）。生後半年に離乳食を与えられた時から、豊加に過保護に可愛がられてきた。「みつのはじめては全部俺のもの。だからこわがらないで」と囁かれ、精通まで手伝われてしまう!!　これはやりすぎかも——充映が動揺した矢先、豊加の目前で、ふざけた友人にはじめてのキスを奪われて!?